Léa Knott et le Secret des Anges

Léa Knott et le Secret des Anges
Roman

Nancy CALLAIS

2016

Léa Knott et le Secret des Anges

Loi n°49-956 du 16 juillet 1949 sur les publications destinées à la jeunesse, modifiée par la loi n°2011-525 du 17 mai 2011.

http://www.envolenergetique.fr

Ordering Information:
Special discounts are available on quantity purchases by corporations, associations, educators, and others. For details, contact the publisher at the above listed address.

Mail: envolenergetique@gmail.com

Corrections par Béatritz Urbach

Édition : BoD – Books on Demand, 12/14 rond-point des Champs-Élysées, 75008 Paris
Impression : BoD - Books on Demand, Norderstedt, Allemagne
ISBN: 9782322173662
Dépôt légal : SEP 2021

Remerciements

À ma mère, première lectrice-correctrice qui a toujours cru en moi
À Eliane pour ses conseils avisés et son aide
À Béa pour ses corrections et son soutien
Aux anges, pour m'avoir inspirée...

Table des matières

Le jeune homme dormait nu sous le drap de coton. Le printemps touchait à sa fin et les nuits commençaient à se réchauffer. L'alcool et les rythmes enflammés de la Conga l'avaient plongé dans un sommeil comateux.

Léa, comme à son habitude, avait très peu dormi mais ne ressentait pas encore les effets de la fatigue. On était vendredi. Ce n'était pas encore le weekend, il fallait assurer une dernière journée de travail.

Le réveil affichait 6h15, elle avait encore le temps de passer chez elle pour se faire un brin de toilette.

Elle se leva discrètement, espérant seulement ne pas réveiller l'homme dont elle avait partagé le lit. Elle attrapa ses sous-vêtements éparpillés à droite et à gauche, sa jupe, son débardeur, ses chaussures et elle s'habilla à la hâte, préférant avoir quitté les lieux avant que son aventure d'une nuit n'ouvre un œil.

Elle vit dans le petit miroir le reflet d'une jeune fille à l'allure légère et peu fière. Encore une fois, elle était déçue d'avoir succombé à la tentation. Elle savait pourtant que rien de bon ne pourrait découler de cette rencontre. Après tout, comment rencontrer quelqu'un et savoir immédiatement s'il pourrait partager ses idées, ses croyances, ses doutes, ses passions… ?

Plus jeune, comme toutes les petites filles ayant grandi sous l'influence des contes de fées, elle pensait que le jour où elle le verrait, celui que l'on appelle « l'être unique », celui qui lui était destiné, elle le reconnaîtrait au premier regard, au premier effleurement. Malheureusement, les rêves d'enfants s'estompent avec l'âge et les expériences. Ils deviennent désillusions, mensonges et supercheries. Force était de constater que ses échecs amoureux se multipliaient et se succédaient sans fin. Finalement, elle préférait passer une nuit auprès d'un inconnu que d'avoir à s'impliquer dans une relation destructrice et stérile.

Elle essuya des doigts le maquillage qui avait coulé de ses yeux bleu lagon.

Respirer profondément et repartir.

À l'image d'un chat sauvage, elle s'éclipsa de l'appartement, sans même jeter un coup d'œil en arrière. Prévoyante et habituée à ce genre de situation, elle avait insisté pour le suivre avec sa propre voiture. Règle numéro un : toujours se réserver la possibilité de fuir ! Elle prit la route à bord de sa Clio et brancha son GPS qui la guiderait tranquillement sans qu'elle ne fasse le moindre effort.

Une demi-heure plus tard, il fallait commencer à s'activer. Se laver, faire peau neuve, enfiler le « costume » du jour, comme elle aimait à nommer les vêtements qu'elle choisissait pour travailler, avaler un petit déjeuner digne de ce nom et entamer une énième journée comme les autres. Heures fixes, déjeuner à heure fixe... En attendant que le temps vous libère pour un week-end...

Ce soir elle rejoindrait à nouveau Jen, Alice, Pascal et les autres pour une autre nuit dans les bars de la ville.

Elle n'était pas malheureuse, au contraire, elle voyait toujours le bon côté des choses. Elle avait un emploi, de quoi vivre très convenablement et ne manquait de rien. Elle multipliait les activités, danse, équitation, natation, course à pied, peinture... Tout son temps libre était consacré à la découverte du monde et ses plaisirs. Elle était très entourée et était l'organisatrice en chef des sorties en groupe. Plus elle pouvait vivre au dehors, plus elle se sentait en sécurité. Depuis son plus jeune âge la nuit était une ennemie, source d'angoisses et de peurs. Certains avaient la phobie des serpents, des araignées... Elle, elle avait toujours eu peur de la nuit. Puis la roue avait tourné. L'indépendance avait cet avantage d'avoir mué la nuit en une alliée de choix, source de fêtes, de rires et de partages, un moment où elle pouvait être elle-même, gaie, en marge des tracas du quotidien. Finis les cauchemars, finies les terreurs nocturnes et les réveils en sueur. Elle avait appris à faire autrement : atteindre l'épuisement total avant de s'allonger. De cette façon, elle n'avait plus la force d'avoir peur.

Sa collègue Maggi l'attendait déjà dans la salle de repos. Elles arrivaient toujours en avance pour pouvoir prendre un café ensemble et se raconter leurs derniers potins. Un peu ronde, brune aux yeux en forme d'amande, Maggi avait dix ans de plus qu'elle. Rangée, mariée avec deux enfants de 5 et 7 ans, elle était l'image même de la vie parfaite dont Léa avait rêvé pendant des années. Idéal qu'elle avait chassé de son esprit, concluant que la vie à deux ne devait pas faire partie de son chemin.

- Oh à voir ta tête, tu es encore sortie hier soir ! l'apostropha Maggi en lui tendant la joue.

- Non non, je ne vois pas de quoi tu parles !! sourit Léa.

- Et alors, c'était comment ?

Maggi se délectait des aventures de Léa. Elle se retrouvait toujours au beau milieu d'histoires compliquées à souhait. Ces récits tranchaient avec sa vie de famille bien organisée et rythmée par le travail, les devoirs, les activités des enfants, l'entretien de la maison...

Comme tous les matins Léa tourna la page du calendrier accroché au mur. Une page de plus qui allait s'écrire au fil des heures, et elle serait là, attendant qu'un nouveau chapitre puisse changer le cours de sa vie. Elle se servit une bonne tasse de café avant de prendre place en face de Maggi, reprenant une discussion qui avait un goût de déjà vu :

- C'était vraiment bien. Musique géniale, et comme d'habitude il y avait beaucoup trop de monde.

- Je ne sais pas comment tu fais pour tenir debout. Dès que nous sortons, même si nous ne rentrons que vers minuit, ce qui n'est pas non plus une heure indécente, il me faut trois jours pour m'en remettre. Et au fait, tu fais toujours ton concours ce weekend ?

Léa avait son propre cheval et participait régulièrement aux concours de dressage ouverts aux amateurs de la région.

- Oui, dimanche. J'espère qu'il ne pleuvra pas.

Léa regardait par la fenêtre, quelques nuages pointaient à l'horizon. Blancs comme neige ils ne laissaient pas présager pour l'instant de fortes pluies. Elle espérait juste que la météo ne se dégraderait pas dans les jours à suivre.

- Si Sam veut bien garder les garçons, je viendrai t'encourager.

Sam, le mari de Maggi, était un père modèle. Une petite perle, comme l'appelait Léa, qui parachevait parfaitement le tableau idyllique de la vie de son amie.

- Ça me ferait très plaisir, merci.

L'heure tournait, il fallait s'y mettre. Léa était secrétaire médicale d'un cabinet de kinésithérapeutes, un grand cabinet attenant à un complexe de rééducation. C'était un bâtiment neuf, clinquant, où l'architecte, le frère d'un des associés, avait pu laisser libre cours à sa créativité contemporaine. Tout était épuré, dans les gris et marron et seules deux plantes vertes venaient mettre un peu de vie et de douceur dans les lieux. Un cabinet à l'image de l'excellence que souhaitaient afficher les praticiens. Maggi alla ouvrir la porte aux clients qui attendaient impatiemment derrière la vitre et elles prirent place chacune de leur coté du comptoir.

C'était un travail que lui avait trouvé le père de Jen. Cela n'avait rien à voir avec sa formation de base puisqu'elle avait fait deux ans de Fac en sociologie. Deux ans où elle avait surtout fréquenté les soirées étudiantes sans trouver grand intérêt aux conférences. Les grandes théories du vingt et unième siècle n'avaient pas trouvé grâce à ses yeux. Son cerveau refusait tout simplement de les intégrer, comme s'il refusait d'ingérer ce qu'il pensait être un voile devant une toute autre réalité.

Elle avait donc pris une autre route, apprenant sur le tas, formée pendant une semaine par la personne qui occupait le poste avant elle et qui prenait sa retraite. Cela ferait 5 ans le mois prochain qu'elle travaillait pour ce cabinet. Elle pouvait voir toutes sortes de gens et aimait le contact. Les clients ne tarissaient pas d'éloges pour l'accueil qu'ils trouvaient en arrivant. C'était peu mais cela lui permettait de trouver son travail plus juste et finalement gratifiant.

La matinée était bien entamée lorsqu'une femme d'un âge avancé et un peu forte entra. Son visage était radieux et communiquait sa bonne humeur. Léa se demandait pourquoi elle pouvait bien avoir besoin de consulter car elle avait vraiment l'air en pleine forme. La cliente se dirigea droit sur elle :

- Bonjour mademoiselle, j'ai rendez-vous avec le docteur Riom.

- Bonjour, très bien, il me faudra quelques éléments. L'ordonnance de votre médecin généraliste et votre carte vitale s'il vous plaît.

La patiente chercha au fond de son sac et tendit la main à Léa. Pendant quelques secondes leurs doigts se touchèrent. Léa sentit un frisson la parcourir. Pas désagréable, mais troublant. Elle essaya de dissimuler sa gêne en fixant son écran. Elle s'appelait Éloïse Marquette. Elle venait pour des séances de rééducation suite à une prothèse de hanche. La femme, toujours en souriant, la regardait pianoter sur son clavier. On aurait pu penser que ça l'amusait de la voir remplir son dossier avec autant de rapidité. Puis elle se pencha et s'exprima de façon à ce que seule Léa puisse entendre :

- Un tel fluide ne devrait pas rester enfermé. Vous saviez que vous aviez des mains en or ?

Léa la regardait interloquée. Elle regarda autour d'elle pour vérifier que personne dans la salle d'attente n'entende. Elle se pencha un peu à son tour :

- Pardon ?

- Je suis sûre que vous voyez ce que je veux dire.

- Toutes mes excuses mais non, je ne comprends pas vraiment.

Le visage de Léa se figea. Est-ce qu'Éloïse n'avait pas non plus des troubles psychologiques en plus d'avoir une prothèse de hanche ? Il fallait rester polie et surtout ne pas montrer qu'elle commençait à la trouver bizarre.

- Vous avez beaucoup de magnétisme, vous avez des mains de guérisseur.

Léa sonda la patiente. Elle n'avait pas l'air de se moquer d'elle, au contraire. Elle était sincère.

- Eh bien, il m'arrive en effet de parfois magnétiser des amis mais rien de plus, je ne suis pas très calée sur la question et je n'ai jamais cherché plus loin.

Comment pouvait-elle savoir alors qu'elle ne la connaissait pas ? Il lui était déjà arrivé d'imposer ses mains sur des douleurs et les personnes en effet s'étaient senties mieux. Ce n'était pas la première fois qu'on lui disait qu'elle devait avoir un don. Seulement, selon elle, tout le monde avait du magnétisme. Elle avait toujours pensé que les autres pouvaient en faire autant. Dire que telle ou telle personne avait un don lui paraissait élitiste et pompeux. Tous les hommes étaient faits de la même façon. Il ne fallait pas non plus se prendre pour quelqu'un de spécial. Elle se disait juste que certains apprenaient à s'en servir, d'autres pas. Même si ce domaine-là la fascinait, elle n'avait jamais eu la possibilité de l'explorer plus en détails.

Elle se rappela le jour où elle avait consulté une medium, pour savoir si sa vie amoureuse allait évoluer. La personne lui avait dit : « Mais vous êtes medium vous aussi, vous ne voyez rien, vous n'entendez rien ? » Non, elle ne voyait ni n'entendait rien, et pour le moment c'était très bien ainsi. Cela lui faisait peur.

Combien de cauchemars étaient venus lui gâcher ses nuits ? Combien de fois s'était-elle retrouvée dans la peau d'un exorciste psalmodiant des prières qu'elle ne connaissait pas ? Combien de fois avait-elle dû faire face aux formes sombres et terrifiantes dans les miroirs ? C'était largement suffisant. Si elle commençait à voir toute ces choses en étant éveillée, ce serait la crise cardiaque assurée !

- Vous pouvez faire bien plus, si un jour vous souhaitez en discuter, appelez-moi.

Éloïse lui tendit une petite carte de visite. Apparemment elle était medium, guérisseuse et maître Reiki.

Éloïse la laissa à ses réflexions et prit place dans la salle d'attente. Léa était troublée et dut se reprendre pour pouvoir accueillir le patient suivant.

Sa journée défila sans qu'elle s'en rende compte. Elle ressassait les paroles d'Éloïse, et toutes les questions que cela suscitait en elle. Elle savait qu'il n'y avait pas de hasard mais devait-elle se fier à une inconnue ? Et s'il s'agissait d'une secte ? Non, elle avait le flair pour les mauvais plans. Elle n'avait pas du tout l'air cinglée.

Le soir venu, Léa se préparait dans son appartement pour une nouvelle virée nocturne. Son appartement comprenait une chambre, une grande salle de bain et une cuisine ouverte sur le salon. Elle avait entièrement repeint l'appartement dès son arrivée, choisissant des tons blanc et taupe. Son mobilier était neutre et clair, un domaine dans lequel elle n'avait pas voulu investir plus que nécessaire. Quelques plantes vertes par-ci par-là pour la forme et une grande bibliothèque débordait de tous les côtés. Son péché mignon, la lecture. Lire était son point d'ancrage quand elle ne trouvait pas le sommeil. Elle avait même fini par entasser des livres à même le sol, ce qui donnait une déco très intellectuelle à son nid de célibataire.

Jen sonna à sa porte. Léa alla lui ouvrir tout en finissant de mettre ses boucles d'oreilles.

- Salut, entre. Ouah, très belle ta robe ! la complimenta-t-elle.

Jen était radieuse. Elle avait noué ses cheveux châtains en une queue de cheval parfaitement lisse. Elle arborait une nouvelle robe noire moulante égayée par quelques strass sur le col.

- Elle te plaît ? Je me suis fait plaisir, mon porte-monnaie s'est allégé à ma pause de midi...

- Tu as bien fait, j'en connais un qui ne saura plus où se mettre.

Elles devaient rejoindre Pascal et les autres au Havana. Pascal était un ami de longue date de Léa, ils s'étaient connus en fac de sociologie puis il avait finalement changé d'orientation pour faire du droit. Il travaillait dans un prestigieux cabinet tout en finissant sa thèse. Jen le plaçait sur un piédestal, toujours aussi attirée par les beaux partis et les têtes bien remplies. Ils se tournaient autour depuis quelques temps mais aucun d'eux n'avait osé faire le premier pas.

- Si avec ça il ne me saute pas dessus je ne sais plus quoi faire.

Jen alla chercher une bouteille de vin et tandis que Léa finissait de se maquiller elle en profita pour servir deux verres.

- Peut-être que si cette fois j'arrive à le faire boire… beaucoup boire… poursuivit-elle.

Et elles rirent de bon cœur. Léa revint dans la cuisine et la remercia pour le verre.

- Pourquoi tu ne l'embrasses pas toi ?

- Hors de question. C'est au garçon de faire le premier pas. Je suis belle, intelligente, un bon parti ! C'est aux hommes de me séduire et de se mettre en quatre. Et moi, je vois si ça me convient, ou non !

Sous ses grands airs de princesse, Léa savait que Jen était une amie intègre, serviable, généreuse, très honnête mais aussi très conventionnelle !

- Et le jeune homme avec qui tu es rentrée hier ? Il était charmant il me semble !

- Charmant oui, mais c'est tout. Pour tout te dire, j'aurai mieux fait de rentrer dormir chez moi, si tu vois ce que je veux dire… De toute façon à partir du moment où il a dit qu'il adorait la viande de cheval j'avais déjà regretté de l'avoir embrassé.

- Tu es dure quand même, tu ne leur laisses même pas une chance.

Jen désespérait de voir un jour Léa tomber amoureuse.

- Je te l'ai déjà dit, je le sens de suite si ça va le faire ou non.

- Tu sais, la personne parfaite n'existe pas. Parfois il faut se donner le temps de connaître les gens pour que les sentiments viennent.

- Blablabla… Finis ton verre, on va être en retard.

Léa alla chercher sa veste et elles sortirent récupérer sa voiture.

Assis dans son 4x4 luxueux, fumant son cigare de havane derrière ses lunettes noires, il se fit lui-même la réflexion que son profil collait aux clichés dignes des films à suspens. Sauf que là, il s'agissait du monde réel, avec de véritables enjeux, bien plus grands que ce que pourrait imaginer le commun des mortels. Ils étaient tous si dociles, si faciles à contrôler. L'Alliance avait envoyé les enfants Cristal et Diamant pour contrer leur influence. Mais l'Ombre avait aussi son armée.

Depuis quelques années, les siens avaient pour mission de localiser ces êtres et de les surveiller. Une traque qui devenait trop routinière à son goût.

Son téléphone sonna, un des siens qui agissait à l'autre bout du pays venait aux nouvelles :

- Alors comment ça se passe ?

- RAS, je commence à croire que je vais passer ma vie à la regarder s'enliser. Et toi ?

- Ma cible a été activée. J'ai dû l'éliminer ce matin.

- Tu vas pouvoir rentrer et profiter d'un peu de répit.

- Ne crois pas ça. On m'a déjà confié une autre cible. Je pars pour l'Italie mon vieux.

- Ils croient vraiment qu'ils vont réussir à les faire changer, se moqua-t-il.

- Le Maître doit bien se marrer...

Ses pensées retournaient sans cesse vers Eloïse. Cette rencontre lui avait laissé une impression étrange, éveillant sa curiosité. La carte de visite bien en vue sur le comptoir l'attirait étrangement par ses couleurs rose et rouge. Allait-elle relever le défi, chercher à en apprendre davantage sur cette personne ? Que pouvait-elle bien risquer à composer son numéro ?

Léa retourna ses mains, paumes vers le ciel. Elle sentait cette chaleur qui ne demandait qu'à s'exprimer, à servir. Comme à chaque fois qu'elle les regardait fixement, un halo lumineux blanc se dessina au creux de ses mains. Elle les frotta énergiquement, chassant toute sensation, se disant qu'il valait mieux penser à autre chose. De toute façon, il fallait se rendre à son concours. Elle enfila sa tenue d'équitation, se résignant encore une fois devant le manque de grâce qu'offraient ces habits. Pourquoi avaient-ils inventé des tenues aussi insultantes pour les formes féminines ? Ce devait être une femme jalouse ou frustrée qui avait dû les dessiner ! Ou un homme peu consciencieux ! En tous cas, pas quelqu'un qui souhaitait les mettre sous leur meilleur jour. Elle attrapa ses affaires en abandonnant ses réflexions sur son apparence peu avantageuse et prit la route pour le centre équestre Arc-En-Ciel.

Le domaine grouillait de monde, autant de participants que de spectateurs. Les camions remplissaient les champs alentours et les buvettes ne désemplissaient pas. Son cheval était prêt, tout son groupe attendait son tour. Il ne resterait plus qu'à lui mettre selle et filet… Elle disposait d'un peu de temps devant elle, ce qui lui permit de rejoindre Maggi qui avait pu se libérer pour l'occasion.

Accompagnée de Juan, le plus jeune de ses fils, elle avait pris place en haut d'une des buttes. Elle pouvait voir toutes les épreuves sans être mêlée à l'effervescence du concours. Sous l'ordre de sa mère, Juan céda sa place à Léa et en profita pour aller jouer avec son ballon.

- Pas trop stressée ?

- Si bien sûr. Mais je suis prête. On verra bien.

- Juan ne va pas trop loin, reste par-là ! Sam n'a pas voulu garder les deux.

- C'est très bien comme ça, au moins tu profites de lui.

- Oui, mais j'avais quand même dans l'idée de profiter d'une paire d'heures seule, si tu vois ce que je veux dire.

- Ce sera pour une prochaine fois. Tu prends tes congés dans deux semaines non ? demanda Léa.

C'est alors qu'elles entendirent un petit boum suivi d'un grand cri de Juan. Maggi se leva d'un bond et rejoignit Juan qui se roulait à terre. Il se tenait la cheville en gémissant. Maggi lui demanda de lui montrer où il avait mal et elle constata que la cheville commençait à enfler. Léa se rapprocha tout en restant en arrière.

- Oh Juan, tu ne pouvais pas faire attention, non ?

Juan pleurait silencieusement à présent, tout honteux qu'il était d'avoir glissé sur l'herbe.

- Je suis sûre que c'est une entorse. Désolée Léa, je vais devoir rentrer et l'emmener aux urgences.

Léa ne pouvait quitter des yeux la cheville qui enflait à vue d'œil. La chaleur au creux de ses mains commençait à la démanger. Elle avait la conviction profonde qu'elle pouvait faire quelque chose. Allait-elle enfin s'écouter ? Elles étaient un peu isolées par rapport aux autres spectateurs. Personne ne pourrait la voir.

- Maggi, ça te dérange si je pose ma main sur sa cheville ?

Maggi n'eut pas l'air surprise de sa proposition. Elles avaient déjà évoqué ces choses-là avec Léa. Elle lui avait même avoué avoir consulté une magnétiseuse pour son zona. C'est tout naturellement qu'elle lui céda la place à côté de Juan.

Léa respira profondément et plaça ses mains juste au-dessus de l'endroit qui enflait. Ses mains lui brûlèrent encore plus. Peu à peu le brouhaha de la foule disparut, comme si elle était seule au monde. Elle n'entendait plus rien, toute son attention était dirigée vers ses mains. Juan grimaça sans rien dire, ses yeux mouillés de larmes contenues. Léa resta ainsi plusieurs minutes, perdue dans une transe qu'elle ne maîtrisait pas. Puis, la cheville se mit à désenfler.

- J'ai moins mal, s'étonna Juan.

Ces trois mots la ramenèrent sur terre. Elle ôta ses mains et il se remit debout. Contre toute attente, il fit quelques pas.

- C'est incroyable ! s'exclama Maggi. Tu as vraiment un don. Tu devrais t'en servir.

Que lui fallait-il de plus ? C'était décidé, elle appellerait Éloïse.

Ce n'est que le mercredi suivant qu'elle se décida à contacter la Guérisseuse, comme si quelques jours de réflexion supplémentaires lui étaient nécessaires.

- Ah enfin, tu t'es décidée à appeler, la taquina Éloïse aussi naturellement que si elle lui avait souhaité le bonjour.

- Oui, enfin comme vous dites. Seriez-vous disponible pour un rendez-vous ?

- Bien sûr, viens samedi, 9h, je bloque ma matinée pour toi, sois à l'heure.

La familiarité d'Éloïse était peu commune. Parlait-elle avec autant de facilité avec tout le monde ? Léa la voyait comme une femme mystérieuse éveillant sa curiosité. Cette rencontre serait hors normes, elle n'en doutait pas.

Elle se coucha le cœur léger, comme si elle avait accompli une bonne chose. Mais son repos fut de courte durée. À peine s'était-elle assoupie qu'elle se retrouva dans sa chambre, engloutie par la pénombre. Quelque chose clochait. Ah oui, elle était au plafond. Elle baissa les yeux et vit son corps plus bas, en train de dormir. L'angoisse, comme un prédateur à l'affût, s'empara d'elle, se délectant d'une proie aussi fragile que facile à convaincre. Sans pouvoir y trouver quelque explication que ce soit, elle savait qu'il fallait qu'elle regagne son corps, qu'elle bouge.

« Pas de panique, se dit-elle, rappelle-toi ce que tu as lu, la corde d'argent te retient à ton corps, tu es sûre de pouvoir le réintégrer, tu ne peux pas mourir ».

C'était sans compter sur l'étrange forme humanoïde noire couchée à côté d'elle.

« Qu'est-ce que c'est que ça encore ? »

Puis elle sentit comme si cette forme voulait entrer dans son corps, le posséder. Alors comme mue par une foi inébranlable, elle répéta sans cesse : « Ceci est mon corps, fiche le camp de là ».

Elle se mit à prier et à mettre toute son attention sur son corps. Elle lui criait de bouger, de lui obéir. Après un temps qu'il lui parut interminable, elle finit enfin par se retrouver assise sur son lit, suffoquant. Elle alluma sa lampe de chevet. Il n'y avait rien ni personne avec elle.

Cela lui suffisait, elle se leva, alluma la télé. Il était 4 heures du matin, autant dire que les programmes étaient aussi inintéressants les uns que les autres. Puis elle finit par zapper sur une émission qu'elle ne connaissait pas : Enquêtes paranormales.

« J'ai eu ma dose pour cette nuit ! » pensa-t-elle.

Mais alors qu'elle allait changer à nouveau de chaîne, elle lut en sous-titre qu'il s'agissait d'un reportage sur les rêves. Il arrivait à point nommé ! Elle monta le son pour écouter le témoignage du psychologue analyste et de sa voix posée il expliqua :

« Le rêve est une soupape aux obsessions et peurs du quotidien. Un exutoire à ce que nous avons vécu de déplaisant dans la journée. Nous nous servons des symboles dans les rêves en analyse pour décortiquer les problèmes de l'inconscient. Par ailleurs, il y a les rêves lucides, les voyages astraux, qui sont à ranger à part. Lors d'un voyage astral, votre conscience se sépare du corps. Vous êtes maître de vos pensées et vous pouvez agir sur le scénario. Nous avons conscience de ne plus être dans notre corps mais nous avons la parfaite maîtrise de nos actes. C'est dans le voyage astral que nous recevons des initiations et que nous avons des contacts avec nos guides et anges gardiens. Il faut cependant faire très attention car lors du voyage astral, le corps est libre pour les entités, si vous n'êtes pas protégé. Vous pouvez vous retrouver dans des endroits très sombres dans le bas astral et avoir des visions terrifiantes. Ça peut devenir une source d'angoisse dans l'inconscient et poser problème au réveil. Certains racontent qu'ils ont même du mal parfois à revenir. Il y a ceux qui font des voyages astraux sans le savoir et ceux qui passent leur vie à essayer d'en faire… »

Léa ne perdit pas de temps et nota sur son calepin les coordonnées du thérapeute. Apparemment il avait écrit quelques livres. Peut-être y trouverait-elle des clefs pour mieux appréhender ses nuits…

Dès le lendemain, une fois sa journée de travail terminée, elle se rendit directement à la librairie de l'Angle. Elle n'eut pas à chercher longtemps, le docteur Angor était apparemment connu et ses livres existaient même en format de poche. « Le rêve Eveillé » était certainement le plus à même pouvant répondre à ses questions. Elle profita du calme pour s'asseoir sur la banquette et feuilleter l'ouvrage. Une première partie était consacrée à l'étude du rêve selon les préceptes de Freud et Lacan. Ensuite, il prenait une dimension plus ésotérique. Il y avait un chapitre Initiation. Curieux thème pour des rêves :

« Lors de la décorporation en voyage astral, nous pouvons voyager ou être amenés par les guides dans l'au-delà pour apprendre des choses qui nous seront nécessaires dans la présente incarnation. Nous avons eu des cas de prêtres qui rêvaient qu'ils exorcisaient des maisons ou des personnes. C'était tellement intense qu'ils ne savaient que penser, comme si cela devenait une obsession. Nous avons vu par la suite, qu'ils furent effectivement amenés à pratiquer des exorcismes. Ils avaient été préparés dans l'autre monde à effectuer ce nettoyage. »

Léa était impressionnée. D'autres faisaient ce genre de rêve alors ? Oui mais des prêtres ! C'était bien loin de sa vie à elle. La librairie allait fermer. Elle régla son achat et rentra chez elle pour poursuivre ses investigations.

Le vendredi soir, elle refusa d'accompagner ses amis à un concert. Elle préférait se reposer et être en forme pour son rendez-vous du lendemain. Autant avoir les idées claires.

Le sommeil tarda à venir malgré ses trois tasses de camomille. Il était deux heures du matin à son réveil quand ses yeux se fermèrent enfin. Le songe la ramena une fois de plus dans cette grande demeure qui s'élevait sur plusieurs niveaux. De grands miroirs de l'époque médiévale habillaient les murs. Il faisait sombre, très sombre et pourtant le miroir était bien visible, l'attirant, l'hypnotisant. Un visage de fumée, hideux, apparut dans le cadre. Elle était terrorisée, ne pensant qu'à une chose, fuir, courir et mettre le plus de distance possible entre elle et l'ombre du miroir. Mais elle avait beau changer de pièce, il y avait toujours un miroir et ce même visage menaçant. Il parlait, elle le savait, mais elle ne comprenait pas et ne voulait surtout pas s'attarder pour écouter. Elle ne trouvait aucune issue, elle était comme enfermée dans la bâtisse, tournant en rond désespérément. Alors comme à chaque fois, elle se mit à prier, à demander l'aide de Dieu et telle une mère qui enlace ses enfants elle sentit une foi intense l'envelopper pour la protéger.

Elle se réveilla le cœur palpitant. Elle avait la sensation d'avoir couru un cent mètres.

« Pourquoi on ne me laisse pas au moins une nuit de répit ? s'énerva-t-elle ».

Elle mit de côté les souvenirs de son cauchemar. Elle n'avait pas entendu le réveil sonner. Elle allait être en retard. Elle se prépara à la hâte pour son rendez-vous avec Éloïse. Un jean, un t-shirt, ses ballerines et hop, elle était fin prête. Il commençait déjà à faire chaud malgré l'heure matinale. La journée s'annonçait ensoleillée, ce devait être de bon augure, pensa-t-elle.

Éloïse habitait à une quarantaine de kilomètre, au cœur d'un hameau perdu dans la campagne béarnaise. La Clio s'engagea dans un petit chemin escarpé en terre battue, la secouant de gauche à droite comme si elle traversait une mer agitée. Les arbres se faisaient de plus en plus touffus, comme s'ils voulaient cacher un petit coin de paradis, accessible uniquement aux seuls initiés.

Sur une butte, une petite maison de bois se cachait à la cime des arbres. Éloïse apparut dans l'embrasure de la porte et lui indiqua où se garer. Elle la rejoignit devant sa portière et s'approcha spontanément pour l'embrasser. Éloïse la prit dans ses bras comme si elles étaient de vieilles amies qui ne s'étaient pas vues depuis longtemps. Léa n'avait jamais été adepte des grandes embrassades mais fit son possible pour ne pas montrer sa gêne.

- Entre, assieds-toi et mets-toi à l'aise.

L'intérieur était tout aussi sommaire que l'extérieur. Pas de télé, pas d'ordinateur, juste une grande table taillée dans du bois noble, des chaises et une petite partie cuisine avec un combiné four et plaques, un évier et très peu de rangements. Les murs étaient crépis en blanc et quelques tableaux représentant la nature et les montagnes égayaient les lieux.

« C'est simple, mais fonctionnel » se dit Léa.

- Alors, par quoi veux-tu que l'on commence ?

Éloïse lui servit un café et un verre d'eau et lui proposa des gâteaux secs.

- À vrai dire je ne sais pas trop. Pour être honnête, je ne sais même pas pourquoi je vous ai appelée.

- Très bien. Alors commençons par le début. Premièrement, sache que je te connais depuis bien longtemps.

Léa commença à douter, serait-elle tombée sur une illuminée ?

- Je vous assure, je ne vous avais jamais vue avant que vous ne rentriez dans le cabinet.

- C'est vrai. Tu ne m'as jamais vue dans cette vie. Mais tu sais que tout ne se limite pas à cette vie ! Il y a en a eu d'autres, ici ou ailleurs.

Éloïse marqua une pause, attendant la réaction de Léa. Celle-ci resta polie et ne répondit rien, ce qui l'encouragea à continuer :

- Sais-tu ce que sont les enfants Cristal ?

- Non, pas vraiment.

- Ce sont des âmes qui ont décidé de s'incarner pour aider la Terre, l'Humanité. Ce sont des âmes très pures, éveillées, venant de sphères célestes élevées, dont le but est l'avènement de l'âge d'or, de la Terre d'Amour. Ces êtres sont dotés de grandes capacités psychiques qui ne demandent qu'à s'éveiller et d'un fort magnétisme pour soigner et aider les autres.

Léa écoutait perplexe, sans vraiment croire qu'elle ait quoique ce soit de plus que les autres pour aider la planète.

Éloïse continuait pourtant, sans se soucier de sa crédibilité :

- Que sais-tu de l'autre monde ?

- Vous voulez dire de l'au-delà, des fantômes ?

- Oui.

- Eh bien, je pense que ça existe mais je n'ai jamais vu ou entendu de fantôme !

- En es-tu vraiment sûre ? Les rêves sont une autre réalité tu sais, pas une fabulation.

Léa était de plus en plus mal à l'aise, Éloïse posait les questions mais semblait connaître les réponses.

- Je vais te faire un résumé, incomplet certes mais qui permettra d'aller à l'essentiel. Quand ton corps meurt, ton esprit regagne le ciel. Mais pas tout de suite le paradis. En fonction de tes croyances et de ce que tu as accompli, le chemin est plus ou moins long. Il y a un passage dans les mondes noirs, comme un purgatoire, où tous ceux qui ont mal agi, qui sont torturés émotionnellement et qui persistent dans leur négativité s'embourbent. Un lieu où règnent les remords, les rancœurs, la colère, la frustration, l'attachement matériel... Puis quand l'esprit s'ouvre à l'amour et au pardon, les anges peuvent venir le chercher et l'amener dans les autres mondes pour continuer son évolution. Les anges, les guides, sont toujours auprès de nous pour nous aider, mais nous avons toujours le libre arbitre pour les laisser nous venir en aide.

Il y a aussi les âmes errantes, celles qui sont emprisonnées entre deux mondes, qui restent attachées au monde matériel soit parce qu'elles n'ont pas conscience d'être mortes, soit parce qu'elles ne veulent pas quitter leurs biens ou leur famille. Ce qui fait beaucoup de monde qui nous tourne autour vois-tu, ce qui fait surtout beaucoup de travail car ces énergies polluent nos lieux de vie et peuvent aussi causer du tort aux vivants.

- Je me rappelle avoir vu un film, « Nosso Lar », qui parle exactement de ce que vous me racontez. Il décrit les divers mondes et endroits que nous regagnons à notre mort, selon notre évolution. Il dit aussi que nous continuons d'apprendre dans l'au-delà, avec d'autres esprits, organisés en colonies en fonction des besoins de ceux qui viennent de mourir.

- Donc ces notions ne te sont pas étrangères !

- Non, mais il y a toujours un décalage entre ce que le cerveau intègre et ce que le cœur ressent ! C'est comme d'accepter qu'il n'y ait pas de hasard, mais que des synchronicités.

- En effet, le hasard n'existe pas. Nous choisissons notre incarnation, notre famille, nos épreuves et même l'heure de notre mort avant d'atterrir ici.

- Comment peut-on choisir de naître avec telle ou telle maladie, de naître dans des pays en guerre ?

- On choisit par rapport à ce que nous voulons apprendre et expérimenter ou pour donner une leçon à notre entourage. Nous sommes soumis à la loi du Karma, enfin, nous nous l'imposons mais cela est un autre débat. La différence vient de la façon dont nous choisissons de regarder les évènements. Sommes-nous capables de reconnaître ce que nous devons travailler comme aspect de notre personnalité ? Sommes-nous capables de reconnaître une critique comme un moyen de se remettre en question ? Sommes-nous capables de nous pardonner et de pardonner à l'autre ? Tous ces éléments définiront si oui ou non la réincarnation est une fatalité, un choix ou si elle n'est plus nécessaire. Tous les handicaps, les maux physiques sont des messages pour nous faire toucher du doigt ce sur quoi nous devons évoluer.

- J'ai donc choisi cette vie, c'est ce que vous voulez dire ?

- J'y viens. Sache qu'ignorer tes dons serait du gâchis car ce serait renoncer aux objectifs que tu t'es fixés en venant ici. Mon rôle à moi est d'aider les guides, les incarnés comme toi. Je ne suis pas venue par hasard dans ton cabinet, j'ai eu des signes pour m'aider à choisir le kiné apte à me soigner. Il faut savoir que là-haut tout n'est pas tout beau, tout rose. Comme ici, des esprits très sombres essaient de gagner le combat. Je ne te parle pas du diable de la Bible, ça c'est une invention des hommes qui a créé un égrégore. Il existe seulement pour ceux qui veulent qu'il existe. Je parle de ce que l'on nomme les démons, les formes pensées obscures, les entités négatives…

Oui, il y a des désincarnés qui nuisent aux hommes, aux vivants et qui gagnent du terrain car nous ne savons pas contrôler nos pensées. Nous cultivons la jalousie, la possessivité, le matérialisme, le pouvoir… Ils ne demandent pas mieux pour se nourrir.

Éloïse s'arrêta soudain, comme si elle avait entendu du bruit au dehors. Elle semblait se concentrer sur quelque chose et son regard était perdu dans le vague. Elle parut contrariée et reprit :

- Je ne vais pas pouvoir continuer, nous reprendrons un autre jour. Il va falloir que tu passes activement à l'étape suivante, apprendre à te nettoyer et à te protéger. Je fais partie de ceux qui veulent aider la Terre, ma confrérie œuvre chaque jour pour maintenir l'équilibre dans l'attente de l'éveil des consciences. Mais sache que ce que nous faisons pour la Lumière, d'autres le font pour l'Ombre. Rentre chez toi, et dès que tu seras chez toi, mets du gros sel aux quatre coins de ton appartement. Prends aussi un bain avec trois poignées de gros sel. Si tu as de l'encens, n'hésite pas à en faire brûler chez toi. Reviens samedi prochain, je te montrerai des exercices d'ancrage et de protection. D'ici là, moi et les miens nous allons travailler pour te protéger.

- Vous commencez à me faire peur, me protéger de quoi ?

- N'aie pas peur, ils se nourriront de ta peur. Aie toujours confiance en la Lumière, tu n'es pas seule. Sache juste que tes cauchemars comme tes rêves sont des voyages astraux, des projections de ta conscience. Tu as vu l'autre côté et tu suis des initiations durant la nuit. Il est temps que tu fasses le pont entre la nuit et le jour. Je sais que tu comprends très bien de quoi je parle. Il est temps jeune fille d'arrêter de te trouver l'excuse qui te fait croire que tout est de ton imagination. Mets tes doutes dans ta poche et avance, l'heure n'est plus à la passivité. Tu as pris des engagements en venant sur Terre, je t'aiderai à les respecter.

Éloïse ne la laissa pas répondre et lui fit clairement comprendre qu'elle la mettait à la porte. Elle avait l'air préoccupée et Léa s'inquiétait d'un tel changement d'attitude.

Elle se précipita dans sa voiture et prit le chemin du retour.

L'homme s'était garé loin et pourtant la chamane l'avait senti, il le savait. Elle était sur le pas de sa porte, regardant la jeune fille s'éloigner. Elle psalmodiait ses incantations en brûlant sa sauge. Il savait qu'il ne pourrait pas entrer et l'éliminer, il n'en avait pas les moyens. Il ferma les yeux et se connecta au Maître.

« Monseigneur, le sujet numéro 12 a été en contact avec les Sœurs. Tout laisse à penser qu'elles vont l'aider à être activée. Quels sont les ordres ? »
Il attendit en faisant le calme dans son esprit. La voix sombre et autoritaire ne se fit pas attendre :
« Que tous les enfants Cristal soient renvoyés d'où ils viennent. Je m'occupe des Sœurs. »
L'ordre était clair. Il fallait agir avant que la jeune fille ne s'éveille et qu'elle n'apprenne à se protéger.

Éloïse rentra, reposa l'encens sur sa console et attrapa son téléphone.
- Grande Sœur, ils la surveillent. Elle n'est pas activée mais je pense qu'« ils » deviennent plus agressifs et prendront plus de risques. Il faut se réunir et agir vite.
- Très bien, je vais prévenir les autres. Nous pouvons faire un cercle ce...
Quelque chose avait interrompu la Grande prêtresse. Elle entendait des pas, des bruits sourds puis le vrombissement, le terrible vrombissement...
- Vajma, Vajma... Sors de chez toi, sors... !!!
Éloïse avait beau hurler elle savait qu'il était déjà trop tard. Pour la première fois de sa vie, elle sentit la peur la frôler, une seule seconde. Une seconde qui suffit à ouvrir une brèche. Elle raccrocha, prit une profonde inspiration et prononça une incantation pour Vajma et pour elle-même. En ouvrant les yeux, elle vit que la porte de sa maison s'était ouverte, la traînée de fumée noire avançait vers elle, prête à l'envahir.
- Vous profanez les scellés, vous déclarez une guerre que vous ne pourrez jamais gagner...
Son cri s'éteignit dans le fracas de son corps qui tomba au sol, inanimé.

Dans sa voiture Léa se repassait chaque phrase d'Éloïse dans sa tête. Elle repensait à ses cauchemars. Et si tout ça existait ? Les deux mondes étaient-ils autant liés ? Interconnectés ?

En arrivant chez elle, il était déjà midi. Elle attrapa un plat au frigo et pendant qu'il chauffait elle regarda si elle avait du gros sel. Mais non, que du sel ordinaire.

« On dira que ça fera l'affaire » pensa-t-elle.

Son téléphone sonna, c'était Jen. Mais elle n'avait aucune envie de répondre. Il fallait qu'elle réfléchisse à ce qu'elle avait entendu plus tôt. Elle se mit à mettre du sel dans les coins de son appartement, bien contente que personne ne la voie, pour sûr on l'aurait prise pour une folle. Mais alors qu'elle allait atteindre le coin de sa chambre, elle entendit un cliquetis, comme si la serrure de sa porte d'entrée s'ouvrait. Son sang se glaça. Sans réfléchir, elle attrapa sa lampe de chevet. Devait-elle demander s'il y avait quelqu'un ? Non, ce serait stupide. Autant prendre son courage à deux mains et aller voir si la porte était ouverte. Ses jambes tremblaient et sur la pointe des pieds elle sortit de sa chambre. Elle pouvait voir à l'autre bout du salon que la porte était ouverte. Si quelqu'un était entré, il devait être dans la cuisine. Sans plus y réfléchir, elle se mit à courir en direction de la sortie mais une main forte et puissante l'attrapa par l'épaule et la fit basculer en arrière. Elle avait toujours sa lampe dans la main et tandis que l'homme se penchait au-dessus d'elle, elle frappa de toutes ses forces sur sa tête. Il émit un grognement et tomba sur le côté. Elle profita de la diversion pour se relever et se remettre à courir. Les clefs de sa voiture étaient accrochées à l'entrée, elle n'eut qu'à tendre le bras et à sortir de chez elle. Elle entendit des pas sourds qui la suivaient mais ne perdit pas de temps à se retourner pour vérifier. Elle se mit alors à crier à l'aide, espérant qu'un voisin charitable vienne l'aider. Mais personne ne sortit dans le couloir. Elle s'enfonça dans la cage d'escalier et descendit aussi vite qu'elle le put. Elle ne pensait pas être capable de courir aussi vite. Elle monta dans sa voiture, toute tremblante, et passa la marche arrière. Elle freina quand elle comprit qu'elle venait de percuter quelque chose.

Il était derrière, le visage collé sur la vitre arrière. Son regard était si noir, si déterminé… Son instinct prit le dessus. Elle appuya de tout son poids sur la pédale et sentit la voiture faire des hauts et des bas en roulant sur l'inconnu. Puis elle s'arrêta. Il était là, allongé sur le bitume. Mais aucune goutte de sang. Elle n'osait pas descendre pour vérifier s'il allait bien. Elle était juste tétanisée. Pourquoi n'y avait-il personne ? Où étaient les gens ?

Puis l'homme se releva.

« Impossible ! » se dit-elle.

Il la fixait droit dans les yeux, puis sourit. Elle comprit qu'il n'allait pas en rester là. Alors aussi vite qu'elle put, elle prit la route en évitant de justesse de percuter une autre voiture en sortant du parking.

Elle ne savait pas où aller. Où était le poste de police ? Elle chercha machinalement son téléphone portable à côté d'elle. Mais tout était dans son appartement ! Tout, et il était ouvert à n'importe qui. Autre souci, beaucoup moins important. Il fallait se concentrer sur ici et maintenant. Il fallait fuir. Qui pouvait l'aider ? Elle se dit qu'il n'y avait qu'une personne pour croire ce qu'elle avait vu : Éloïse.

Elle était à présent sur la nationale. Elle avait quitté la circulation de la ville. Il n'y avait plus une seule voiture devant elle. Alors elle scruta son rétroviseur. Le 4x4 noir apparut, menaçant, se rapprochant. Elle accéléra mais il fallait gérer les virages.

- Qu'est-ce qu'il a ce con ? cria-t-elle.

Le 4x4 se rapprochait à vitesse vertigineuse. Un virage, puis deux, puis trois et là, elle sentit le choc. Tout se passa très vite, trop vite. Elle perdit le contrôle, tournant le volant un coup à gauche, un coup à droite. C'était peine perdue, sa voiture fonça droit dans les bois qui lui faisaient face et sa course fut stoppée nette par un arbre. Son airbag lui évita le pire. Elle le repoussa avec les mains, se dégageant le visage. L'adrénaline lui permit de s'extraire de la voiture sans tarder. Elle réussit tant bien que mal à faire quelques pas mais elle l'entendait déjà, il arriverait à sa hauteur avant qu'elle ne puisse reprendre son souffle. Son corps était endolori, ses jambes tremblaient. Elle savait qu'il était là, elle pouvait presque sentir sa jubilation en la voyant avancer tant bien que mal. Elle tourna la tête sur le côté. Il tenait à la main un long couteau où des symboles étranges étaient gravés. Contre toute attente, sa peur commença à s'envoler. Elle comprenait que son corps ne pouvait plus l'aider à fuir, elle n'irait jamais assez vite. Il fallait l'accepter. Elle ne pourrait pas s'échapper. Comment pouvait-elle se sentir aussi sereine tout à coup ?

« C'est cela que l'on ressent à l'approche de la mort ? »

Elle ferma les yeux, prête à accepter l'inéluctable. Pas le temps de réfléchir, il fallait juste espérer ne pas souffrir trop longtemps.

Mais rien ne se passa. Aucune douleur, aucun coup. Elle entendit d'autres pas venant de la droite et elle rouvrit les yeux.

Sorti de nulle part, un homme venait de s'interposer entre eux. Il ne disait pas un mot et pourtant elle était sûre que tous les deux tenaient une discussion houleuse. L'agresseur regardait tantôt le jeune homme, tantôt Léa, comme s'il sondait la situation. Puis il prit sa décision et s'élança sur lui.

S'en suivit un combat acharné, les coups fusaient dans tous les sens et Léa, pétrifiée, ne savait si elle devait aider son sauveur ou prendre ses jambes à son cou. Rapidement l'agresseur fut désarmé. L'homme qui venait de lui sauver la vie s'empara du couteau étrange. Il regardait son adversaire, comme s'il attendait que ce dernier lui demande Grâce. Mais l'autre cracha au sol. Alors, comme à contre cœur, il lui planta le couteau en plein cœur. L'homme en noir tomba à genoux.

« Ça commence à faire beaucoup en une seule journée » se dit-elle.

Mais ce n'en était pas fini pour les choses étranges. Le corps à terre disparut dans une volute de fumée grisâtre, ne laissant aucune trace derrière lui. Elle nageait en plein délire. Elle se demanda si elle n'était pas encore en train de faire un cauchemar. Oui, ce devait être un cauchemar. Et si elle se concentrait suffisamment elle réussirait peut-être à se réveiller ? Elle allait fermer les yeux pour faire comme d'habitude, se concentrer et se réveiller. Mais l'homme se retourna vers elle. Elle ne pouvait plus fermer les yeux car celui qui s'offrait à sa vue était d'une beauté à couper le souffle. Elle manqua d'oublier de respirer. Tant de perfection dans un seul corps était presque insolent pour les autres. Châtain aux yeux verts, le corps parfaitement dessiné... Non, finalement, pas la peine de se réveiller, la suite s'annonçait beaucoup plus passionnante.

Il s'approcha et lui tendit la main. Au contact de sa peau, son cœur s'emballa d'émerveillement et elle s'efforça de garder contenance :

- Tout va bien ? demanda-t-il ?

Comment lui répondre ?

« Non, je ne vais pas bien, vous êtes tellement beau que je sens que je vais défaillir, et en plus, vous m'avez sauvé la vie. »

Il fallait trouver mieux et surtout ne pas passer pour une idiote.

- Ça va aller, merci beaucoup.

- Tu ne te souviens pas de moi, mais ne t'inquiète pas, ça viendra. J'aurais dû attendre que tu sois Éveillée pour apparaître mais l'heure n'est plus au silence et à l'observation. Il va falloir agir et je refuse que l'on échoue. On ne doit pas rester là, ils vont revenir.

- Qui ça « ils » ?

- Les anges déchus.

« Ah oui, bien sûr ! » aurait-elle voulu plaisanter. Mais il n'avait pas l'air du tout d'avoir envie de rire.

- Et où va-t-on ?

- À bord, il va falloir que je rende des comptes maintenant.

Il lui fit signe de le suivre. Sans poser plus de question, elle décida de lui faire confiance.

Il l'emmena plus profondément dans les bois et dès qu'ils trouvèrent un espace plus aéré il s'arrêta. Il la prit par la main et lui fit signe de se coller à lui.

- Reste près de moi, ça va être un peu désagréable mais ça passera très vite.

Pas de problème. Si elle n'avait qu'à se coller à lui, elle pouvait gérer. Du reste, elle n'en avait rien à faire. La tête collée sur sa poitrine, la seule chose à laquelle elle pensait était qu'elle ne voulait pas se réveiller. Il sentait si bon et elle se sentait si bien contre lui… Puis une lumière bleue intense les entoura, si forte qu'elle l'aveugla complètement. Comme il le lui avait dit, elle fut parcourue de picotements très désagréables mais cela ne dura pas. Puis ils se retrouvèrent dans une salle aux parois de cristal. Tout était lumineux, magnifique, même les murs semblaient animés d'une certaine forme de vie. L'intensité de la lumière diminua et un être d'une très grande taille, à la peau bleutée presque translucide, se mouvant comme s'il n'avait pas de squelette, vint à leur rencontre.

« Je rêve ou bien je suis morte ? » se demanda-t-elle.

- Ni l'un ni l'autre, lui répondit l'Être. Là, ça devenait encore plus bizarre, elle n'avait pourtant pas pensé tout haut !

- Tu es à bord d'un des vaisseaux de l'Alliance. Nous l'appelons ESKIL.

Le bel homme s'écarta de Léa, mais elle sentit que c'était presque à contre cœur. Elle le regarda s'éloigner en se demandant ce qu'elle pourrait lui dire pour qu'il ne parte pas. Il dut percevoir son inquiétude car il se retourna et tout sourire il murmura :

- Ne t'inquiète pas, je reviendrai plus tard. Savanah (il désigna l'Être bleu) doit d'abord t'expliquer certaines choses.

Une porte s'ouvrit par le haut et il quitta la pièce.

- Maël a dépensé beaucoup de son fluide énergétique pour intervenir sur Terre. Il doit dans un premier temps aller se ressourcer. Viens, suis-moi, je vais t'expliquer.

Savanah lui fit signe de la suivre. Elles quittèrent le grand sas et traversèrent des couloirs. Elles passèrent devant un espace de jardins. Pas des jardins comme ceux que l'on pouvait trouver sur Terre, mais parés de fleurs aux couleurs pastel comme elle n'en avait jamais vu, resplendissantes de vie. Une brise légère les faisait danser et elle aurait juré entendre une douce mélodie s'élever du tableau qui s'offrait devant elle. Des animaux indescriptibles, fascinants, se promenaient en toute liberté. Des êtres de différentes formes et couleurs, tantôt petits comme des lutins, tantôt grands d'au moins deux mètres, s'affairaient autour de ce qui devait être des cultures et procédaient à la cueillette. Léa se dit alors que tous les films de science-fiction qu'elle avait vus avaient une ressemblance avec ce qui se présentait devant elle. Comme si leurs auteurs avaient eu un aperçu des autres mondes autour de la Terre. Les questions se bousculaient mais elle savait que les réponses ne tarderaient pas à venir.

Savanah l'emmena dans une pièce où plusieurs espaces avec de petits écrans bleutés étaient aménagés. Des êtres diaphanes les consultaient. Elle leur fit signe avec un sourire de les laisser seules. Il ne faisait ni chaud ni froid. C'était un endroit très agréable et lumineux.

Elle l'invita à s'assoir face à un des écrans et sereinement commença :

- Tu es ici dans l'un des vaisseaux qui stationnent au-dessus de lieux stratégiques de la Terre. Nous, l'Alliance, nous sommes un regroupement d'êtres de plusieurs planètes. Nous sommes chargés d'aider l'évolution de la Terre et des Hommes. Depuis des millénaires nous restons dans des plans parallèles au vôtre pour veiller sur vous. Nous sommes bien sûr en contact avec certains de vos gouvernements, mais ceux-ci préfèrent encore tenir ces échanges secrets, pour mieux vous manipuler. De ce fait, nous avons aussi des contacts avec des personnes très évoluées spirituellement sur votre planète. Vous les prenez pour des fous alors que les fous, ce sont les autres !

- Vous voulez dire que vous nous surveillez ?

- Pas exactement. Nous essayons de vous aider sans interférer dans votre libre arbitre. Nous vous envoyons des signes, comme les Crop Circles, pour que vous puissiez avancer dans vos découvertes scientifiques mais aussi pour envoyer de l'énergie à la Terre. Vos scientifiques sont tout à fait aptes à les déchiffrer mais si ces découvertes présentent une menace pour le maintien du pouvoir de certains, alors ils gardent leurs découvertes cachées, jusqu'au jour où celles-ci pourront leur permettre de faire plus de gain, d'accroître leur pouvoir. Certains nous ont vus, nous ont photographiés, mais vos médias les tournent en dérision et sèment le doute.

- J'ai toujours cru en la présence d'autres formes de vie, mais je ne m'étais jamais décidée à croire si votre présence était une bonne ou une mauvaise chose.

- Il faut savoir que la Terre est une planète extraordinaire, aux ressources multiples et une planète école comme il y en a peu pour les âmes. Elle a toujours été très convoitée. Certaines de vos photos montrent des engins ronds, d'autres triangulaires. Disons que les uns veulent votre bien, les autres vous convoitent pour de mauvaises raisons.

- Vous voulez dire que vous êtes là depuis la création de l'Homme ?

- Oui, nous avons participé à votre création. Quand je dis « nous », je ne parle pas seulement de mon peuple, mais de plusieurs peuples et de différentes galaxies. Toutes les planètes sont habitées, Jupiter, Neptune, Orion…

Vous ne le voyez pas encore, il manque quelques améliorations à vos outils d'astronomie (un léger sourire passa sur son visage) vous n'avez pas encore découvert comment voyager dans l'espace ni comment maîtriser le temps. Mais au moment voulu, vous y parviendrez. Beaucoup de peuples ont déjà vécu ce que vit la Terre aujourd'hui, il y a des milliers d'années. La Terre est comme une petite sœur que nous souhaitons aider et protéger. De nos visites, vous avez créé des religions, des dogmes mais le sens de nos enseignements s'est perdu dans la vanité et la soif de pouvoir de certains de vos leaders. Commençons par le début.

Savanah pianota quelque chose sur le cadran en verre. Des images de la création apparurent, elle poursuivit :

- Les premiers humains ont été l'œuvre d'expériences génétiques. Il y eut les géants, les cyclopes, les yetis… Vos contes ont tous une base de réalité, même si vous préférez le nier. Comme il est écrit sur les tablettes Sumériennes, tout a commencé avec Nibirou, une planète au-delà de Neptune que vous appelez planète X, il y a plus 200 000 ans. Nibirou était habitée par les Nefilims qui mesuraient plus de 5 mètres de haut. Ils disposaient de grands pouvoirs psychiques et d'un grand savoir technologique. Ils pouvaient voyager dans l'espace. Leur atmosphère se dégradait, leur couche d'ozone était malade, comme pour vous aujourd'hui, sauf qu'eux s'éloignaient du soleil et allaient manquer de cette énergie. Alors ils décidèrent d'envoyer certains des leurs pour exploiter l'or de la Terre. L'or devait servir pour être expulsé sous forme de particules dans l'air, pour réfléchir la lumière du soleil. Vous avez encore des traces aujourd'hui de ces mines d'or.

Un jour, ceux qui exploitaient les mines en ont eu assez d'être des esclaves de leur propre peuple et se rebellèrent. Du coup, ils décidèrent de faire muter les primates sur terre afin d'avoir des esclaves obéissants et incapables de se confronter à eux. Ils combinèrent les ADN avec le leur, avec l'aide des Siriens, mais passons les détails. Une race docile naquit, grande, forte mais programmée pour ne pas pouvoir se reproduire. Enki, le frère d'Enlil, premier être Nefilim qui avait atterrit sur Terre, s'était disputé avec ce dernier. Enki veut dire serpent. Il montra à Eve, l'une des femmes terriennes, l'arbre dont il était formellement défendu de cueillir le fruit et lui expliqua pourquoi les Nefilims ne voulaient pas qu'elle en goûte. En effet, ils contenaient des informations nécessaires à leur ADN pour avoir la capacité de se reproduire, et donc de devenir immortel et évoluer.

Elle alla chercher Adam et tous deux décidèrent de mordre dans le fruit de la connaissance et devinrent immortels. Ils pouvaient enfin se reproduire. Les descendants d'Adam et Eve, des humains, émigrèrent en Lémurie. Les Lémuriens développèrent capacités et technologie. Aiy et Tayé, deux lémuriens ayant atteint un certain degré en termes de spiritualité, découvrirent le tantrisme, une nouvelle voie vers l'immortalité et l'élévation de la conscience. Ils créèrent la première école des Mystères.

Les Lémuriens pouvaient voir dans l'avenir. Ils savaient que le déluge allait avoir lieu. Ils déplacèrent tous leurs biens dans différents endroits de la Terre. La Lémurie sombra et l'Atlantide émergea, près de Bimini. Les élèves de l'école des Mystères se rendirent en Atlantide. Ils dessinèrent l'arbre de vie sur la nouvelle île, chaque cercle étant un vortex d'énergie, une sorte de porte des étoiles. Dix des douze vortex furent occupés par les anciens lémuriens, venus en Atlantide suite à l'appel des autres survivants. Le onzième vortex fut pris par les Hébreux et le douzième fut pris par les peuples de la planète Mars, les Martiens.

Mars était en train de disparaître. Les Martiens sont des êtres dépourvus d'émotions et assoiffés de conquête et de pouvoir. Ils pouvaient créer des champs Mer Ka Ba, des vortex spatiotemporels. Un jour, une comète menaçait de s'écraser sur Terre. Les Martiens voulurent intervenir et la neutraliser par des rayons mais les Atlantes les en dissuadèrent : il fallait respecter l'ordre des choses. La comète fit beaucoup de dégâts chez les Martiens. Ils décidèrent alors de se venger et tentèrent de recréer un Mer Ka Ba. Mais cela faisait 50 000 ans qu'ils n'en avaient pas construit et il échappa à leur contrôle.

Cette tour de champ électromagnétique existe encore chez vous sous le nom de « triangle des Bermudes ». Ils ont créé une zone dangereuse pour tout l'univers et nous venons régulièrement pour tenter de refermer ce vortex. Ils frôlèrent la destruction totale de la planète mais les maîtres ascensionnés sont intervenus.
- Qui sont les maîtres ascensionnés ? demanda Léa.
- Les maîtres ascensionnés sont des êtres comme vous et moi qui ont déjà vécu sur la terre. Ils font tous partie de ce que l'on appelle la Grande Fraternité Blanche, un regroupement d'êtres spirituels très évolués qui se dévouent inlassablement à améliorer la vie sur terre. À la suite de nombreuses incarnations où ils ont fait preuve de dévouement et d'efforts hors du commun, ils ont atteint un degré de réalisation spirituelle élevé et sont retournés, par l'ascension, à leur source divine. Ils ont choisi de demeurer dans les plans spirituels pour pouvoir guider les futurs initiés.

Pour en revenir au Mer Ka Ba, il était hors de contrôle et des portes inter-dimensionnelles s'ouvrirent. Des êtres et entités se retrouvèrent sur terre alors que cela n'aurait pas dû se produire. Les maîtres ascensionnés refermèrent autant de portes inter-dimensionnelles qu'ils purent et expulsèrent 90% des êtres non terriens. Mais d'autres restèrent et prirent possession des corps des Atlantes. Les maîtres lancèrent un SOS aux autres gouvernements galactiques. Cela s'était déjà passé sur d'autres planètes. Vous étiez tombés très bas, votre état de conscience avait régressé. Vous aviez perdu votre mémoire, votre savoir…

Vous repartiez à zéro. Les maîtres ascensionnés et les peuples d'autres galaxies remirent en place un treillis planétaire énergétique qui englobe la terre pour maintenir les fréquences de l'évolution, en souhaitant que vous retrouviez un jour votre état christique, l'Unité.

Après la chute de l'Atlantide, plusieurs êtres de différentes galaxies vinrent sur Terre. Les Vénusiens voulaient insuffler l'Amour sur Terre, certains s'incarnèrent donc auprès de vous. Les êtres de Jupiter sont venus porter leur science comme cadeau à la planète bleue. Ce ne sont que des exemples. Les confédérés savaient que les Terriens pouvaient user de ces savoirs pour eux-mêmes et leur besoin de conquête. Mais c'était un risque que nous acceptions de prendre, comme des parents acceptent que leur enfant tombe pour apprendre à se relever.

- Vous voulez dire que nous ne sommes qu'une expérience ?

- Non, vous êtes une possibilité d'élever les consciences et de faire de la Terre une planète d'Amour. Certaines de vos civilisations ont déjà échoué : la Lémurie, l'Atlantide… C'étaient des civilisations qui avaient de très grandes aptitudes psychiques, telles que vous ne pouvez pas imaginer. Vous êtes tout juste en train de redécouvrir ces mondes perdus, bien que les découvertes, là encore, soient tenues secrètes. Mais sachez que rien de ce qui arrive sur Terre n'est le fruit du hasard. Si cela arrive, c'est qu'une partie de votre âme est en résonance avec cette possibilité. Vos gouvernements ne seraient pas en place si une part de vous-mêmes ne le permettait pas. Sache qu'aujourd'hui parmi vos gouvernements vivent des extraterrestres, comme vous aimez tant les appeler, et il y en a des plus ou moins bien intentionnés. La lutte se fait sur tous les plans.

- Très bien mais alors pourquoi en nous incarnant oublions-nous tout ça ? Ne serait-ce pas plus simple de se souvenir pour pouvoir réellement évoluer ?

- Vous avez rechuté dans des plans de dimensions inférieures. Vous avez perdu la capacité de mémoire mais cela va changer avec l'entrée dans la quatrième et cinquième dimension. Vous êtes retombés dans la roue du Karma. Avant de s'incarner, l'âme, sa famille d'âmes et ses guides choisissent un chemin de vie, des objectifs. Parfois le frère d'une vie deviendra le père dans la suivante. Le bourreau deviendra victime. Comment le vivre sur un plan terrestre en ayant en mémoire le schéma de la vie précédente ? Ce serait impossible.

La mort vous entraîne dans un état de vide. Dans ce troisième sous-plan de la quatrième dimension vous êtes condamnés à vous réincarner. Comme vous avez oublié votre mémoire de Mer Ka Ba, de votre corps de lumière, vous êtes prisonniers de ce circuit. La résurrection est le résultat d'une conscience de Mer Ka Ba. Vous pouvez recréer votre corps et vous vous rapprochez de la quatrième dimension. Vous n'avez plus besoin de vous réincarner. Lorsqu'il y a ascension, vous ne mourrez plus, vous reprenez votre corps de lumière.

- C'est très bien tout ça mais moi, qu'est-ce que je fais ici, pourquoi a-t-on essayé de me tuer ? Pourquoi ai-je eu le privilège de venir ici ?

- Comme tu l'as appris, tu es une enfant Cristal. Mais pas seulement. (Savanah sourit et soupira.) C'est vrai, parfois il serait tellement plus simple que le corps physique supporte ces mémoires... Sache que toi et moi, nous nous connaissons depuis des milliers d'années.

Léa resta encore plus abasourdie et s'enfonça davantage dans son fauteuil.

- Tu fais partie d'une famille d'âmes élevées, reprit Savanah, qui aide les âmes en détresse à retrouver la lumière et qui œuvre pour l'évolution de la conscience collective. Une famille directement liée aux Archanges.

- Comment ça les Archanges ?

- Archange veut dire " chef parmi les anges ". Les anges sont dirigés par les Archanges, et sous les anges il y a les anges gardiens. Les anges gardiens peuvent être invoqués par tous les Hommes. Ils sont multiples mais à volonté unique, comme le Seigneur. Lorsque l'Ange a rempli la mission pour laquelle il a été créé, il revient à son origine. Leur nature est de vous accorder tout ce que vous leur demandez par la Prière. À l'inverse, les Guides, qui sont aussi une catégorie d'anges, sont destinés à aider une seule âme.

- J'ai un peu du mal à comprendre : le monde des esprits, des anges, des extraterrestres. J'avoue, je suis perdue…

- C'est normal. Le cerveau humain n'est pas encore calibré pour tout entrevoir dans la dimension actuelle. Nous ne raisonnons pas comme vous en termes de mort/vivant, d'au-delà/de planètes. Nous parlons surtout de dimensions multiples qui se définissent en termes de densité et de niveaux de conscience.

- Mais si je te suis bien, j'ai choisi une incarnation terrestre alors que j'aurai dû être dispensée du circuit de la réincarnation.

- Avec la complicité de ton âme sœur, tu as décidé de t'incarner sur Terre pour donner une dernière chance aux Terriens avant le Jugement. Mais aussi pour finir la purification de la Terre et la nettoyer définitivement des entités néfastes et démoniaques libérées par le Mer Ka Ba.

- Comment ça, quel Jugement ?

Savanah pianota sur des touches invisibles pour Léa et le petit écran s'alluma de nouveau. Alors des images terrifiantes apparurent : Guerres, famines, viols, génocides, tortures…

- L'Homme détruit la planète bleue. La diversité de la faune et de la flore disparaît, il mange des êtres vivants, il tue ses semblables, il se laisse mener par la vanité, la possession, l'orgueil, le pouvoir… La planète est malade et l'esprit de la Terre ne peut plus attendre. La population croît de façon exponentielle. Vos gouvernements l'ont compris. Mais ils ne prennent pas toujours les bonnes décisions.

Actuellement, ils ont créé le SIDA, un virus dont ils ont déjà l'antidote. Ils pensent ainsi éliminer une partie de la population sans que vous ne vous doutiez de rien. Nous travaillons pour remettre les choses en ordre et nous intervenons sur vos ADN pour contrer ce virus. Là aussi, c'est un exemple parmi d'autres.

Vous détruisez votre source de nourriture, à force de polluer les sols, il n'y aura plus de quoi faire vivre tout le monde. Les solutions existent déjà sur Terre, mais personne ne veut les mettre en place. Certains s'éveillent à la médecine de l'âme et des plantes, un savoir ancestral qui refait surface. Mais on est loin d'avoir le compte suffisant pour faire pencher la balance.

Le prochain conseil doit statuer sur l'avenir de l'Homme. Sache que si nous devons choisir entre la planète et l'Homme…
- Quand doit avoir lieu ce Conseil ?
- Je n'ai pas l'autorisation de te le dire. Quand tu as appris cela, avant ton incarnation, tu as choisi de venir sur terre avec d'autres membres de ta famille d'âmes, pour aider l'humanité à s'éveiller et surtout, pour essayer de trouver grâce aux yeux de l'Éternel pour les Hommes.

Lorsque les peuples premiers sont apparus, ceux qui étaient dans la cupidité et le pouvoir ont laissé une empreinte très forte dans vos mémoires. Vous nourrissez depuis des croyances sur le mal, le diable etc. La pensée est créatrice. Vous avez créé un monde parallèle plein de noirceur qui vous englue et vous empêche d'avancer. Ce monde-là a trouvé preneur et certains Gris, que vous nommez Martiens, s'incarnent pour faire régner le chaos. Le combat se joue sur la Terre mais aussi dans les cieux. Nous ne pouvons laisser ce mal gagner et nous prendrons les décisions qui s'imposent pour sauver la Terre.
- Oui, une Terre que l'on se dispute comme un bout du gâteau !

- N'oublie jamais que les pensées, les émotions sont des énergies. Le créateur Originel a donné « délégation » à des parties de lui-même pour créer des mondes, des galaxies. Nous sommes tous une extension de cette conscience. Il y en a qui se nourrissent des émotions négatives, d'autres des émotions positives. La Terre est un lieu de libre arbitre, donc imagine quel abreuvoir cela représente pour la première catégorie. Ils viennent en insufflant la peur, le doute, et ils s'alimentent sans fin. C'est aux Hommes de prendre conscience de ce phénomène et de choisir qui ils veulent nourrir : l'Ombre ou la Lumière.

Léa laissa couler une larme. Elle savait que l'humanité empoisonnait son lieu de vie mais n'avait jamais pris réellement conscience des enjeux.
- Cette larme que tu verses, cette compassion envers l'Homme, c'est ce qui t'as décidée à partir. Les enfants Cristal sont la cible de l'Ombre. Il a envoyé ses disciples pour vous éliminer avant que vous ne retrouviez la mémoire. Ceux qui ne parviennent pas à se rappeler survivent, mais ont une incarnation difficile, sans trouver leur place, et à leur retour parmi nous, ils sont déçus par leur échec. C'est pour cela que Maël ne s'est pas incarné avec toi. Il voulait te guider, t'accompagner, te protéger. Il a fait en sorte que tu rencontres Eloïse pour t'aider. Mais un ange déchu t'épiait. Ton rayonnement l'a attiré dès ta naissance.
- Vous voulez dire que je connais Maël aussi depuis longtemps ?
- Tu n'as pas idée.
Léa prit le temps de la réflexion. Était-ce cela qu'elle avait ressenti lorsqu'il lui avait tendu la main ? Puis son esprit terrien prit le relais. S'il voyait tout, il l'avait vue avec d'autres hommes ? Et elle se mit à rougir sans s'en rendre compte.
- Ne pense pas ainsi. Le partage physique terrestre n'est rien sans la Conscience et l'Amour. Vous le saviez avant de faire votre choix. Maël ne sait pas ce que signifient la jalousie, l'appartenance, l'égo… Ce sont des concepts terrestres bien loin de son mode de pensée.

Ce que lui disait Savanah relevait du conte de fées. Comment intégrer tous ces concepts quand on ne se souvient de rien ? Comment se comporter devant son âme sœur quand on ne se souvient pas d'elle ?

- Quand est-ce que je vais pouvoir revoir Maël ?

Savanah s'assit finalement à côté d'elle et lui prit sa main dans la sienne. Léa se sentie submergée par une vague de bien être, une confiance totale en la vie l'envahissait. C'était reposant, magnifique, incroyable.

- Maël a pris une décision seul, sans demander l'avis du Conseil. Il est intervenu dans une situation terrestre. Il a ramené à bord du vaisseau une incarnée sans l'accord des Autres confédérés. Il doit répondre de ses actes devant la Commission des Guides.

- Mais que peuvent ils lui faire ? Vous êtes un peuple d'amour, il a agi pour me protéger, pour protéger notre mission.

- Il a interféré avec les lois universelles. Cependant, l'Ombre a aussi transgressé une loi. Une confrérie d'êtres de lumière incarnés sous le nom des Sœurs Prêtresses vient d'être anéantie. Je suis désolée de te l'apprendre ainsi mais Eloïse ne sera plus là quand tu repartiras.

Léa resta stupéfaite et commença à entrevoir les réels dangers qui planaient.

- Ils seront plus conciliants. L'heure est grave Léa, si les lois cosmiques changent, évoluent, c'est parce que le nombre d'humains prônant le chaos et la peur grandit. À force de nourrir des idées sombres sur l'apocalypse, vous allez faire de cette éventualité un futur crédible.

- Qu'est-ce que je suis censée faire ?

- Je dois t'avouer que je ne sais pas. Ton cas est une première ! J'attends l'arrivée de la Confédération pour statuer.

- Et si je puis me permettre, quelles sont les options ?

- Nous pouvons te renvoyer chez toi, en effaçant ta mémoire et en la remplaçant pour que tu reprennes le cours de ta vie.

- Et que je sois à nouveau la cible d'un ange déchu ? Autant me tuer tout de suite.

- J'ai dit que nous le pouvions, pas que nous le ferions. C'est une éventualité qui respecterait nos règles.
- Disons que c'est la plus probable n'est-ce pas ?
Savanah ne voulait pas faire peur à Léa. Elle savait que la mort du corps physique de Léa la libèrerait et qu'elle retrouverait son moi spirituel. Mais elle serait déçue de son échec et il lui faudrait beaucoup de temps avant de pouvoir regagner les hautes sphères.
- Et pourquoi ne pas m'activer ici et maintenant avant de le renvoyer ?
- Ce serait possible mais contraire aux règles. Je vais devoir en débattre avec la confédération. Maintenant, je vais t'emmener dans un lieu où tu pourras te reposer, tu as besoin d'un peu de calme après tous ces événements.

Savanah la conduisit dans une partie du vaisseau comprenant des petits compartiments. C'était un long couloir parsemé de portes sans poignées. Ils leurs suffisaient de vouloir les ouvrir pour que les cloisons de cristal s'ouvrent.
- Alors vous aussi vous avez besoin de dormir ?
- Pas comme toi tu l'entends. Disons que nous avons parfois besoin de nous recentrer. Nous nous allongeons et nous entamons ce qui se rapprocherait chez vous de la méditation. Cela nous permet de nous reconnecter à la source pour faire le point et continuer sur la bonne voie.

Savanah laissa Léa seule dans une des petites pièces. La couleur des murs se mua lentement en un vert luminescent, comme si les murs eux-mêmes avaient leur propre volonté.
- Vous découvrez tout juste sur terre le pouvoir des rayons de couleur. Ici nous nous en servons principalement pour rééquilibrer nos chakras.
- Vous avez des chakras ?
Savanah sourit :
- Bien sûr. Toute forme de vie a des chakras.

Savanah prit congé et laissa Léa seule à contempler les lieux. Elle posa sa main sur le mur étrange et elle découvrit qu'il n'était pas dur, ni solide comme les murs de pierres. Il résistait à la pression de sa main mais donnait une impression de filigrane, de peau plutôt qu'un mur. Elle finit par s'allonger sur le plateau de verre poli qui flottait à un mètre du sol. Elle s'attendait à avoir mal au dos mais au contraire, la planche épousa la forme de son corps de façon à lui proposer la meilleure des positions pour son confort. Elle resta un moment allongée, se demandant ce qu'ils allaient faire d'elle. Tout cela était tellement fou. Et dire que le matin même elle prenait encore un petit déjeuner tranquille, sans rien demander à personne. Et Maël ? Un être aussi beau et parfait ne pouvait pas être lié à elle ! C'était impossible ! Et pourtant, ce qu'elle avait ressenti en si peu de temps était plus que réel et dépassait de loin tout ce qu'elle avait pu s'imaginer sur l'amour entre deux êtres. Peut-être que le coup foudre existait finalement ! Elle aurait donné n'importe quoi pour que Jen soit avec elle. Elle lui aurait raconté son rêve, comme à chaque fois. Elles en auraient ri, elle lui aurait même dit d'écrire un livre.

Elle vit une ombre passer derrière la porte et s'arrêter. Avaient-ils déjà fini ? Savanah venait-elle lui apprendre qu'ils la renvoyaient et effaceraient sa mémoire ? La porte se souleva, mais ce ne fut pas Savanah qui apparut.

Maël se tenait là, vêtu d'un pantalon fin beige et d'une chemise blanche aux manches retroussées. Une classe pareille ne pouvait certainement pas être humaine ! Elle s'assit et plongea son regard dans le sien. Combien de temps restèrent-ils ainsi à se regarder ? Elle n'aurait su le dire.

Elle avait l'impression qu'il pouvait lire en elle, qu'il savait tout. Et elle, elle était seule, seule dans sa tête, sans pouvoir pénétrer les pensées de l'autre.

- Ne t'inquiète pas, ça reviendra.

- Avoue que c'est assez frustrant de voir quelqu'un qui lit en vous et que ce ne soit pas réciproque.

Il lui sourit et la seule chose à laquelle elle pensait c'était qu'il vienne vers elle pour poser ses lèvres sur les siennes. Des images de leurs deux corps s'enlaçant passionnément lui faisaient tourner la tête.

- Et bien tu vois, on pense exactement à la même chose.

Est-ce que cela pouvait être si réel ? Toujours sans le quitter des yeux, elle bascula ses jambes vers lui. Toujours assise, elle se faisait la réflexion que s'il s'avançait pour l'embrasser, elle s'évanouirait sur le champ. Pour prendre une consistance elle demanda :

- Alors, quel est le verdict du Conseil ?

Le verdict était la dernière des préoccupations de Maël et dans un élan passionné, il s'avança vers elle, lui prit le visage entre ses mains et l'embrassa comme jamais personne ne l'avait embrassée. C'était comme si son corps devenait trop petit pour contenir tout l'Amour qui se déversait en elle. Un chamboulement dans ses veines, dans son ventre, dans ses poumons… C'était une tempête d'émotions trop fortes qui la faisaient suffoquer. Il s'arrêta quelques instants, comme s'il comprenait qu'elle devait accorder son corps aux nouvelles vibrations.

Elle le dévisageait, non plus avec surprise comme la première fois, mais avec confiance. Peu à peu c'était comme si elle le connaissait elle aussi, toute gêne disparaissait. Elle ne se préoccupait pas de savoir si son corps pouvait lui plaire, si elle allait faire les bons gestes... Elle était au-delà. Elle passa ses mains sous sa chemise. C'était doux, plus fort qu'une caresse de ses doigts, c'était son esprit qui caressait le sien. Maël versa une larme. Elle ne l'entendit pas avec ses oreilles mais elle sut au fond d'elle-même qu'il disait « tu m'as tellement manqué. »

Il l'effleura à son tour de ses doigts. Ils s'abandonnèrent alors à ce moment d'intimité et chacun déshabilla l'autre en douceur, profitant de chaque seconde qui leur était offerte. Ils étaient seuls au monde, sans catastrophe à envisager, sans considération métaphysique… L'univers, c'était eux, leur Amour et leurs âmes se retrouvant. Léa était partagée entre sensations physiques et sensations plus profondes. Tout se mélangeait. Chaque contact, chaque mouvement, était un hommage au partage de l'amour. Elle sentait monter en elle un plaisir plus vivant et plus intense qu'elle n'avait jamais connu sur Terre. Il connaissait tout d'elle, tout ce qu'elle aimait, tout ce qui lui faisait du bien.

Elle sentit une onde de chaleur naître au bas de son dos puis remonter progressivement. Comment son corps pouvait-il supporter un tel flot de sensations ? Elle savait qu'elle allait atteindre ce que tout le monde cherchait dans les jeux de la chair, ce qui là aussi était une première pour elle. Et alors que l'onde vibrante traversait sa colonne vertébrale en remontant, elle laissa échapper un cri de plaisir. L'intensité de l'explosion des sens était telle qu'elle se sentit projetée dans un autre état de conscience. Elle se retrouvait face à un écran géant où sa vie défilait devant ses yeux : elle se voyait dans le ventre de sa mère, elle voyait le jour où elle avait été conçue, elle revivait l'Avant, la vraie vie avant qu'elle ne tombe sur Terre. Sa véritable existence, avec Maël et les autres, les êtres de lumière, ses choix, son essence divine.

Elle se réveilla dans le creux des bras de Maël qui la regardait, bienveillant.

« Ça y est, tu te souviens ? »

Il n'avait pas eu besoin de parler, elle l'avait entendu, là, au fond de son cœur. De la même façon elle lui répondit :

« Oui. C'est encore un peu flou mais ça y est, je crois que c'est bien moi. »

Puis l'inquiétude revint, elle se releva :

- Et donc, ce verdict ?

- Ça y est, j'ai accompli ma sentence.

Léa ne comprit pas de suite à quoi il faisait allusion. Ou alors la Commission avait beaucoup d'humour. Puis en sondant Maël, elle comprit bien plus que ce qu'elle n'aurait voulu.

On lui avait donné pour instruction de raviver sa mémoire, de l'activer, pour qu'elle puisse repartir et reprendre sa mission sur Terre. Par contre, il n'avait plus le droit de lui servir de guide. Il serait affecté à un autre être Cristal. La sentence était à double tranchant : elle se souviendrait de tout, de lui, mais elle repartirait seule.

- Je ne veux pas, il n'en n'est pas question. Je suis de retour, je suis là, je reste avec toi.

Elle ne pouvait arrêter ses sanglots et il la prit tendrement dans ses bras.

- Bien sûr que si, tu veux retourner sur Terre. Tu as toujours dit qu'il y avait du bon en l'Homme, qu'il suffisait de le lui montrer. Ne te perds pas. Sinon tout ça n'aura servi à rien.

- Mais je ne pourrais pas te toucher, t'enlacer…

- On fera comme on a toujours fait, dans tes rêves… Je trouverai le moyen de te rejoindre quand tu en auras le plus besoin.

- Des rêves dont je ne me souviendrai pas.

- Une partie de toi s'en souviendra. Et ce n'est que pour un temps.

Ainsi ils avaient remis de l'ordre. Ils devraient tous les deux subir les conséquences, conscients de leur être, de leur devoir, sans pouvoir être réunis. Léa se sentit de plus en plus mal, tout son corps criait au désespoir. Tout bouillonnait en elle et se mélangeait.

Savanah entra dans la pièce, nullement gênée par leur intimité, la gêne étant là aussi un sentiment considéré comme terrien.

- Léa, il est temps que tu retournes sur Terre. Ton corps n'est pas adapté aux hautes fréquences de ce lieu. Tes émotions terrestres se battent avec ton essence divine qui ressurgit de plus en plus rapidement ici. Il faut que tu rétablisses l'équilibre.

Léa n'avait pas besoin d'explications, elle sentait bien que son corps commençait à décliner, comme s'il ne supportait plus l'altitude d'une haute montagne.

- Laissez-moi quelques instants, le temps de dire au revoir.

- Bien sûr. Rejoins-moi dans la salle des départs, je t'y attends.

Maël l'embrassa tendrement. Ils étaient deux moitiés d'un seul Tout, complémentaires, indissociables. Ils n'avaient plus besoin de mots. Ils s'enlacèrent en essayant d'immortaliser tout ce qu'ils ressentaient. Il était elle, elle était lui.

Léa se rhabilla et fit ouvrir la porte. Elle resta un moment sur le pas du sas. Elle sentait Maël qui la regardait, le cœur lourd. Si elle se retournait maintenant, jamais plus elle ne trouverait le courage de repartir.

Elle n'aurait jamais imaginé devoir faire autant preuve de détermination pour pouvoir continuer. « Humain, j'espère que tu ne me décevras pas, car pour toi je dois renoncer à l'Amour, au bonheur, à ma maison où règnent l'harmonie et la compassion. Ici tout est beau, magique. Tu as créé l'enfer sur Terre mais tu peux aussi créer le paradis, ne l'oublies pas. »

Savanah prit sa main dans la sienne, comme dans la salle aux multiples écrans. Léa sentit couler en elle tout un flot d'amour, de reconnaissance et d'encouragements.

- Je ne sais même pas comment m'y prendre. Comment moi je vais pouvoir faire changer les choses ? Ils sont tellement englués, entêtés…

- Tu n'es pas la seule, vous êtes plusieurs en bas. Et nous vous assistons depuis nos bases. Nous continuons d'envoyer des messages, de laisser des signes pour permettre aux civilisations terrestres d'évoluer. À eux d'en faire bon usage. Sois en paix avec toi-même, sois amour, montre-leur ce qu'est l'Amour. Partager, compatir, tendre la main… Ils doivent réapprendre. Écris, parle, agis. Envoie de l'énergie à l'Esprit de la Terre. Apprends les différentes coutumes et techniques de soins. Montre leur comment les intégrer avec la conscience. Ils doivent rompre avec la Roue du Karma. Il faut qu'ils comprennent qu'ils ont le choix, qu'ils créent leur vie. Ils doivent écouter leurs rêves, renouer avec leur instinct. Ils doivent respecter leur corps, rappelle-leur que les premiers Hommes vivaient plus de 500 ans. Même leurs écrits religieux en parlent. Qu'ils arrêtent de s'aveugler et de boire les paroles des médias. Qu'ils soient moins crédules et ils seront moins contrôlés par la peur. Qu'ils

respecte toute forme de vie comme ils doivent respecter leur vie, qui est un don du Créateur, pour pouvoir apprendre et s'élever. Qu'ils acceptent l'au-delà sans en avoir peur pour pouvoir se protéger des influences du bas astral. Se relever, toujours, car l'Esprit du soleil veille sur eux et sera toujours là pour éclairer leur voie. Rappelle-leur que chacun a sa place et chacun a des responsabilités : le boulanger doit faire du bon pain, sain, pour le bien être des corps. Le balayeur doit bien nettoyer car il insuffle de son essence divine dans chaque coup de balai, qui s'inscrit dans le sol et se répercute sur ses frères. Les mères et les nourrices permettent aux nouvelles âmes de grandir dans la lumière et non dans l'ombre. L'argent n'est pas le seul moyen d'être heureux. Ici nous n'avons pas de monnaie. Chacun participe à hauteur de ce qu'il aime faire et l'échange, le troc comme vous l'appelez, est notre façon de subvenir à nos besoins. Dis-leur que faire des enfants ou se marier pour rentrer dans le moule les pollue. Que seul le véritable Amour et Engagement permet d'accéder au bonheur. On ne possède pas les gens ni les enfants. Chaque âme est indépendante et doit suivre son chemin de vie. Sois toi-même. Tu es activée, plus rien ne peut t'empêcher d'avancer. Quoique tu fasses là-bas, ce sera inscrit dans l'Ordre des choses, dans le Chemin qu'Il t'a attribué. Rien que ta présence fera rayonner l'Amour et les hautes vibrations. Et surtout, lutte contre l'Ombre. Traque-la comme elle vous traque. Joignez-vous les uns aux autres pour chasser les anges déchus et montrez aux humains comment se protéger. Rapproche-toi du règne minéral et végétal, les cristaux et les plantes ont des capacités insoupçonnées sur Terre. Si tu les utilises en coopération, sans chercher à les dominer, ils seront des alliés hors pair.
- Merci Savanah, j'avais besoin que tu me redonnes de l'élan. Je suis prête. Tu peux me faire descendre.

Léa se réveilla dans son lit, toute habillée, comme sortant d'un rêve très étrange. Elle se précipita sur la porte d'entrée. Elle était bien fermée à clef. Quel jour était-on ? Était-ce le matin ? Le soir ?

Elle ouvrit ses volets, on devait être en plein milieu d'après-midi. Elle alluma la télévision et mit sa main devant sa bouche en apercevant qu'on était mardi. Elle chercha son téléphone et le retrouva bien rangé dans son sac à main. Trente-cinq appels en absence et répondeur saturé. Avait-elle envie de s'en soucier dès maintenant ? Et son patron, qu'avait-il dû penser de ne pas la trouver lundi matin, sans prévenir ?

Puis tout revint dans sa tête, les derniers évènements, son voyage. Elle sentait que sa mémoire faisait de plus en plus d'efforts pour se rappeler... le Voile, le Voile retombe se dit-elle. Elle s'assit devant son bureau, alluma son ordinateur. Il fallait faire vite, écrire. Ecrire tout ce dont elle se rappelait avant de tout oublier.

Elle trouvait ses doigts trop lents, mais pria pour qu'on lui laisse le temps de retranscrire ce qu'elle venait de vivre.

Le soleil commençait à faiblir quand elle eut tapé ses derniers mots. Ses pensées la ramenèrent vers Maël. Elle retint une larme, il ne fallait pas se montrer triste, mais plutôt reconnaissante de ce cadeau du ciel, de cette entrevue imprévue. Ces instants volés au destin, la douceur et la force d'un amour que seul le temps pourrait lui ramener.

Son corps finit par lui rappeler qu'il avait faim, très faim. C'est à ce moment-là qu'on frappa à la porte.

- Oui, j'arrive.

Elle devrait remettre son en-cas à plus tard.

Jen entra comme une furie, encore habillée de son tailleur bleu marine et les cheveux tirés par quatre épingles, regardant partout autour d'elle si elle ne voyait personne d'autre :

- Ça va ? Tu n'as rien ? Tu as été séquestrée ou quoi ? Ça ne va pas bien de disparaître sans prévenir ? Je me suis fait un sang d'encre, personne ne savait où tu étais, même Maggi m'a appelée, ton patron est fou de rage, il parle de te licencier !

- Du calme, tout va bien, j'étais malade, j'ai dormi pendant deux jours, j'avais mon téléphone sur silencieux, je n'ai rien entendu.

- Tu aurais pu m'envoyer un message, je ne sais pas, tu es vraiment perchée ou inconsciente ! Qu'est-ce que tu as eu, tu as vu un médecin ?

- Je ne sais pas, non je n'ai pas appelé de médecin, j'ai surtout dormi je te dis.

- Alors viens, je t'emmène, on va consulter.

- Non, pas besoin, ça va mieux, je t'assure. Je suis vraiment désolée que tu te sois inquiétée.

- Bon, ça va, je suis tellement contente que tu ailles bien ! J'étais en déplacement pour mon boulot tout hier, je m'imaginais déjà en train d'appeler la police pour signaler ta disparition. Je me faisais des films horribles, que tu avais été agressée ou kidnappée !

Léa ne put retenir un sourire, ce n'était pas si loin de la réalité.

- C'est ça, moque-toi… j'aurai bien voulu t'y voir moi !

- Désolée, non, ça ne me fait pas rire. J'ai très faim par contre, je t'invite à manger ?

- Oui, avec plaisir, mais je choisis où. Avant, appelle ton boulot, sinon demain tu iras pointer au chômage.

- Tu as raison.

Léa empoigna son téléphone. Qu'allait-elle pouvoir dire ? Et surtout, que comptait-elle faire maintenant ? Finalement, les mots vinrent si naturellement qu'elle en fut la première surprise :

- Cabinet du Docteur Riom, Maggi, bonjour.

- Bonjour Maggi, c'est Léa.

- Léa, nom de Dieu, mais où étais-tu passée ? Ça fait deux jours que j'essaie de te joindre.

- Oui je sais, excuse-moi, je te raconterai plus tard. Peux-tu me passer le docteur Riom ?

- Il est en consultation, il est fou de rage.

- J'imagine. Peux-tu lui dire que je porterai ma lettre de démission demain ? Je ferai le préavis le temps qu'il trouve quelqu'un pour me remplacer.

- Pardon ? Tu plaisantes j'espère ?

- Non, pas le moins du monde. Je dois te laisser, à demain.

Jen en était bouche bée :

- Mais tu es vraiment malade, tu es devenue folle ? Ça y est c'est sûr, je t'emmène voir quelqu'un.

- Que nenni, je t'invite à manger, tant qu'il me reste de quoi payer, ironisa-t-elle. On va fêter ça !

Léa était toute enthousiaste. Que s'était-il passé ? Pour elle, les mots étaient sortis de sa bouche sans réfléchir et pourtant, elle avait ce sentiment au fond d'elle-même qu'elle avait pris une décision importante, juste et inévitable. Elle se sentait soulagée d'un poids, vivifiée et prête pour un nouveau départ.

Elle fit un brin de toilette et se changea. La jeune fille qu'elle voyait dans le miroir lui était devenue une inconnue et à la fois n'avait jamais aussi bien reflété la personne qu'elle était vraiment. Elle se trouvait belle, même sans son maquillage. Ça l'étonnait presque, elle s'était toujours imaginée quelconque, ni trop grosse, ni trop maigre, ni trop grande, ni trop petite. Elle pensait passer inaperçue. Mais ce soir, elle se sentait belle, elle se sentait aimée, et ça, ça faisait toute la différence.

Jen choisit de l'emmener dans son restaurant favori, réputé pour servir les meilleurs sushis de la région. Elles commandèrent un apéritif à base de litchi et sans surprise, Jen reprit ses investigations.

- Je suis sûre que tu me caches quelque chose. Tu es trop radieuse pour une fille qui vient de passer deux jours malade. Je suis sûre que tu me mens. Tu as trouvé un super beau gosse, assez riche pour que tu n'aies plus à travailler. Vous vous êtes mariés bourrés samedi soir et du coup tu as décidé de plaquer ton travail. Et là, on en revient au même point, tu es folle.

Léa riait de bon cœur, Jen était une amie géniale pour ça. Elle avait toujours une imagination des plus farfelues et elle adorait son humour.

- Je t'assure, je n'étais pas bien. Il fallait que je me repose, depuis longtemps je voulais changer de travail, je te l'avais déjà dit. Là, j'ai enfin trouvé le courage de le faire.

- Et ça te réussit, je ne t'ai jamais trouvée aussi bien. En tous cas, tu peux compter sur moi si tu as besoin de quoique ce soit.

- Merci, tu es une amie en or.

- Je vais aux toilettes, à de suite.

Jen partie, Léa laissa son regard vagabonder dans la salle. Tout était très typé japonais, c'était très agréable et dépaysant. Les clients parlaient doucement pour respecter l'ambiance zen. Sa vue commença à se brouiller. Elle se sentie parcourue d'un drôle de frisson. Soudain apparurent au sommet des têtes des clients attablés des couleurs, tantôt claires tantôt sombres. C'étaient comme des volutes de fumée en filigrane. Elle comprit qu'elle percevait l'aura des gens, plus ou moins colorée selon leurs pensées, leur état physique. C'était à la fois splendide et triste car elle percevait ceux qui étaient dans un mal être profond. Elle renouait avec une capacité oubliée qui s'était réveillée lors de son activation.

Jen sortit des toilettes, et le regard de Léa fut attiré par un garçon d'environ 7 ans qui la suivait. Il portait un pantalon bleu et un joli t-shirt orange, ses cheveux frisés étaient presque un peu trop longs mais il avait une bouille d'ange. Elle fut surprise de voir qu'il la suivait jusqu'à sa table.

- Jen, tu t'es fait un copain ? Tu devrais le rendre à ses parents, ils vont s'inquiéter !

- Pardon, mais de quoi tu parles ?

Le petit garçon regardait Léa droit dans les yeux. Il semblait essayer de lui dire quelque chose. Alors l'expression du visage de Léa changea.

- Oh oh, tu es là, qu'est-ce que tu regardes comme ça ? demanda Jen.

Léa comprit qu'il n'y avait qu'elle qui voyait ce petit garçon. Pourquoi ? Que faisait-il là ?

- Non, rien. J'avais cru voir quelque chose.

La discussion reprit sur un ton plus léger, Jen racontait ses derniers déboires avec sa chef qui la voyait comme une menace pour son avancement. Léa essayait de suivre, mais le petit garçon était encore là. Il ne quittait pas Léa des yeux. Elle sentait qu'il voulait lui dire quelque chose et apparemment il ne partirait pas avant d'avoir livré son message. Mais comment dire à Jen qu'elle voyait un « fantôme » à côté d'elle ?

L'addition réglée, elles prirent le chemin du retour à pied. Il faisait plus frais mais la nuit restait étoilée et claire sous la pleine lune. Elles durent enfiler leurs gilets et accélérèrent le pas. Les rues étaient encore pleines de vie, c'étaient les vacances et les touristes remplissaient les terrasses. Léa ne savait comment s'y prendre. Combien de temps ce petit garçon allait continuer à les suivre ? Allait-il finalement comprendre qu'elle ne pouvait pas l'aider ? Et maintenant qu'elle le voyait, s'il restait là indéfiniment ? Ah non, hors de question, il fallait trouver un moyen pour qu'il puisse repartir.

- Jen, tu crois qu'il y a une vie après la mort ? s'aventura Léa.

- Je ne sais pas, j'ai été élevée dans la religion catholique, je crois qu'il y a une force là-haut qui nous dépasse, mais à vrai dire, je ne sais pas. Parfois je me dis que oui, puis quand je vois toutes ces horreurs que font les Hommes je me dis qu'il est impossible qu'un certain Dieu d'amour permette ça. Quant à savoir ce qui se passe après la mort, je suis comme Saint Thomas, je ne crois que ce que je vois. On entend toujours des histoires de quelqu'un, qui connaît quelqu'un, qui… Et pourtant, je peux te dire que je ne peux pas aller voir des films sur les revenants, ça me fait trop flipper.

- Tu penses que certains ont des dons pour voir ces choses-là ?

- Bon arrête de tourner autour du pot.

Jen s'était arrêtée et fixait Léa de ses yeux noirs.

- Tu as appris une mauvaise nouvelle, quelque chose ne va pas ? Ton air genre « tout va bien je suis heureuse » c'était pour faire illusion, en fait il y a vraiment un souci et tu ne sais pas comment me le dire.
- Ça n'a rien à voir avec ça. Mais en effet il y a un souci. Depuis que nous sommes allées au restaurant, je vois un petit garçon d'environ 7 ans qui te suit partout, et c'est très bizarre parce qu'il te ressemble beaucoup.

Jen se retourna et fit un tour sur elle-même, cherchant du regard un petit garçon.
- Je ne vois personne, tu hallucines !
- Je sais que tu ne le vois pas, personne d'autre que moi ne le voit.

Son amie la regardait perplexe, comme si elle se demandait si elle devait fuir ou écouter. Mais Léa avait l'air très sérieuse et convaincue par ce qu'elle disait.
- Tu es une personne très sensée et très intelligente, alors je vais essayer de comprendre ce que tu me dis. Tu vois un fantôme à côté de moi ?

Jen avait baissé d'un ton, un groupe de garçons venait de passer à côté d'elles.
- On peut dire ça.
- Et ça fait longtemps que tu vois des fantômes ?
- Je t'avoue, c'est la première fois.
- Et tu n'as pas peur, tu m'annonces ça comme si tu venais de t'abonner à un nouveau magazine !

Pouvait-elle lui dire « Ah et bien j'ai reçu une activation sur un vaisseau d'un inframonde, de la part d'un être immense à la peau bleutée et de mon âme sœur qui vit dans l'au-delà… » ? Pour sûr elle appellerait une ambulance sur-le-champ.
- Je n'ai pas peur car il émane de lui une énergie positive, il ne fait pas peur du tout, au contraire, j'aurais plutôt envie de le prendre dans mes bras.
- Bon, admettons, et qu'est-ce qu'il veut ce petit garçon ?

Léa regarda le petit homme, bien que Jen crût qu'elle regardait dans le vide. Alors elle put enfin percevoir ses pensées.

- Il dit qu'il est là pour te protéger, t'aider. Il voudrait que tu ailles faire des examens, tu dois te faire soigner avant qu'il ne soit trop tard.

- Quels examens ? s'enquit Jen qui commençait à se prendre au jeu.

- Ton gynéco. Tu as un souci au bas ventre.

Jen ne savait plus que répondre. Elle était abasourdie. Elle n'en avait jamais parlé à qui que ce soit. Était-il possible que Léa voie réellement quelque chose de l'autre côté ?

- Tu sais de quoi il parle ? demanda Léa.

- Il y a sept ans, j'ai avorté de mon premier « amoureux ». Je n'avais que dix-huit ans, autant te dire que c'était bien trop tôt pour moi. Ça ne s'est pas bien passé. J'ai eu infections sur infections et on a dû m'enlever un ovaire. J'aurais dû faire des examens tous les six mois, mais depuis trois ans je refuse de m'y rendre. J'ai toujours mal alors je prends des antidouleurs régulièrement. J'ai tellement peur qu'on m'annonce qu'il faille tout enlever que je recule le rendez-vous à chaque fois.

Jen pleurait sans plus pouvoir s'arrêter. Léa plongea sa main dans son sac pour lui sortir un paquet de mouchoirs.

- Viens, ne restons pas là.

Elle ramena son amie à son appartement et fit chauffer de l'eau pour deux tisanes. Jen commençait à peine à se calmer, assise sur le canapé, la tête entre ses deux mains.

- Comment est-ce qu'il s'appelle ce petit garçon ? demanda-t-elle.

Léa se tourna vers le petit homme qui avait pris place à côté de Jen, attendant sa réponse.

- Christopher.

- C'est vraiment dingue, depuis que je suis ado, je me suis toujours dit que j'appellerai mon fils Christopher…

Jen s'arrêta au milieu de sa phrase et son visage prit une toute autre expression.

- Crois-tu qu'il s'agit de l'enfant dont j'ai avorté ? Non, c'est idiot, laisse tomber.

Léa prit place également à côté de Jen. Elle prit sa main dans les siennes et essaya de retranscrire au mieux avec des mots ce que le petit garçon lui adressait par la pensée :

- Quand on avorte ou qu'un bébé est mort-né, soit il se réincarne rapidement, soit il continue de grandir dans l'au-delà. Il peut rester près de ses parents pour évoluer avec eux. Christopher a choisi de te rendre visite pour que tu puisses te soigner à temps et avoir d'autres enfants.

- C'est complètement dingue cette histoire. Il faut que je rentre, j'ai besoin d'être un peu seule pour digérer tout ça.

Jen n'attendit pas que Léa ait servi les tisanes, elle prit ses affaires précipitamment et partit sans se retourner. Léa comprenait et elle ne pouvait lui en vouloir. Elle savait aussi qu'elle venait certainement de perdre une amie, qui ne la verrait plus jamais telle qu'elle était.

Christopher était toujours là, il lui envoyait des pensées rassurantes et pleines d'amour, lui disant qu'elle avait fait ce qu'il fallait et que Jen reviendrait vers elle, pas de suite, mais que le temps la ramènerait. Puis il lui fit signe de s'approcher de la fenêtre.

« Qu'est-ce que tu veux me montrer ? » pensa Léa.

En bas, une fumée épaisse, noire, se mouvait comme un immense serpent venimeux. On aurait dit que la forme cherchait quelque chose.

Christopher la prévint :

« Il traque les personnes comme toi. Sois prudente. Tu as beaucoup de personnes qui t'aident de là-haut. Tu es protégée mais reste toujours alignée, sinon, il te trouvera. »

Puis il disparut. Que voulait-il dire par « alignée ? » Ce mot lui parlait pourtant, comme si sa mémoire profonde savait de quoi il s'agissait. « Espèce de foutu voile, » pensa-t-elle. Il fallait là aussi réapprendre des choses qu'elle avait déjà apprises. La densité du corps physique lui sembla soudain bien lourde, bien contraignante. C'était comme porter une armure de trente tonnes après avoir connu la légèreté et le bien-être de l'apesanteur.

Maggi l'attendait de pied ferme, apparemment décidée à lui passer un savon et à lui faire la morale. « Pourquoi veut-elle à tout prix faire comme si elle était ma mère ? » C'était une des facettes de Maggi qui avait le don de la mettre dans tous ses états. Depuis qu'elle avait raconté à Maggi le décès de ses parents dans un accident de voiture, celle-ci ne manquait pas une occasion pour prendre le rôle de substitut parental.

- Je n'ai pas dit au Docteur que tu apportais ta démission. Tu peux encore récupérer le coup mais sois diplomate pour une fois, l'apostropha-t-elle.

Léa passa devant elle sans prendre le temps de lui répondre. Elle se rendit directement dans le bureau du Docteur avant que les consultations ne commencent, sa lettre de démission en bonne et due forme dans sa main. Mr Riom l'accueillit de façon très solennelle, lui faisant signe de prendre place de l'autre côté du bureau en bois massif. Il frictionnait sa barbe blanche de sa main droite et avait le dos bien enfoncé dans son fauteuil qui sentait encore le cuir neuf.

- Bonjour Mademoiselle Knott. Alors, expliquez-moi ce qui s'est passé, car en 5 ans de bons et loyaux services vous n'avez jamais eu une seule absence.

C'est vrai qu'il avait l'air furieux. Alors avant de commencer, Léa visualisa une lumière blanche allant de son plexus vers le sien. Elle s'employa à envoyer des ondes positives vers lui pour apaiser cette tension naissante et favoriser leur échange. Elle adressa mentalement quelques mots à son guide pour lui demander d'intervenir dans leur conversation pour que les choses se passent au mieux. Un guide dont elle ne connaissait pas encore le nom mais dont elle avait senti la présence à plusieurs reprises depuis son retour.

- Bonjour Docteur. En effet je vous dois des excuses. J'ai été très malade et j'ai été clouée au lit. Mais avant toute chose, voici ma démission.

Léa tendit la lettre sous l'œil surpris de son patron.

- Comment ça votre démission ? Mais je ne suis pas en train de vous dire que je ne veux plus travailler avec vous ! Je veux juste savoir pourquoi vous ne nous avez pas prévenus. Mes patients vous adorent, je veux que vous restiez !

- Je vous remercie mais ma décision est prise. Je souhaite entamer une reconversion et changer de domaine professionnel. Je resterai le temps que vous me remplaciez bien sûr.

- Bien, je vois que vous avez l'air décidée. Si vous changez d'avis surtout n'hésitez pas. Prenez contact avec le comptable et faites préparer les documents. Occupez-vous de l'annonce et sélectionnez trois CV pour des entretiens que nous mènerons ensemble. Votre conseil, vous le savez, à chaque recrutement m'a été précieux et positif. Je souhaite que vous m'aidiez à trouver une personne aussi compétente que vous.

- Je vous remercie pour tous ces compliments et je n'y manquerai pas.

Maggi avait passé sa journée à lui rabâcher qu'elle commettait la plus grosse erreur de sa vie, qu'en démissionnant elle n'aurait droit à rien. Mais rien ne pouvait lui faire quitter l'idée qu'elle faisait le bon choix. Elle se sentait libre, même s'il faudrait encore quelques semaines pour goûter pleinement à sa nouvelle vie. Maggi quitta le cabinet sans même lui dire au revoir. Léa prit conscience que ce n'était pas pour elle que Maggi s'inquiétait, mais pour elle-même. Elle allait se retrouver avec une inconnue. Finis leurs petits moments complices où elles partageaient leurs secrets. Bien qu'elle comprenne ce qu'elle pouvait ressentir, elle ne pouvait se résoudre à changer d'avis.

De retour chez elle, elle lança sa lessive, fit un brin de rangement et se fit couler un bon bain chaud. Elle se plongea dans la volupté des nuages de bulle et profita d'un moment de répit.

Les yeux fermés, elle tentait de se remémorer chaque seconde passée avec Maël. Elle aurait voulu l'appeler, le voir, l'entendre, le toucher… Alors elle s'inventa une histoire, un conte de fées où Maël aurait pu s'incarner avec elle, prendre possession d'un corps qu'une âme venait de quitter. Elle le croiserait au coin d'une rue, ils se reconnaîtraient et pourraient finir ensemble leur mission sur Terre. L'eau devenait trop froide pour continuer à rêvasser. Elle respira un bon coup et se releva. Lovée dans son peignoir, elle alla directement prendre place devant son ordinateur. Elle entama quelques recherches sur internet. Elle commença par tapoter « être aligné ». Des dizaines de pages apparurent, toutes parlant de techniques énergétiques différentes. À croire que le nombre de techniques était proportionnel au nombre de thérapeutes. Mais tous s'accordaient sur le sens général : « avoir ses chakras alignés et purifiés pour pouvoir être connecté au ciel ». Il était évident que Christopher la mettait en garde. Il fallait rester « connectée » avec là-haut pour pouvoir faire front. Il y avait différents stages et ateliers, elle aurait voulu y participer pour pouvoir discuter de tout ça avec des gens comme elle et apprendre davantage à explorer ses dons dans le monde physique. Mais alors qu'elle écrivait les adresses sur son cahier, son crayon se mit à écrire tout seul. C'était comme si son poignet avait sa propre volonté. Il y a quelques temps, ce genre de choses lui aurait fait peur, elle aurait lâché le stylo et arrêté ses recherches. Elle savait à présent appréhender ces manifestations :

« *Ne t'engage pas dans ces stages, tu as déjà tout en toi. Lâche prise, nous sommes là. Commence par faire parler de toi, commence par purifier les lieux et les personnes.* »

Son crayon retomba. Le message était clair pour une fois. Elle changea d'optique et finit par pianoter « créer un site internet ».

Son site était en ligne depuis deux jours mais elle n'avait encore reçu aucun appel. Devait-elle s'inquiéter ou se réjouir ? Car elle n'avait aucune idée de ce qu'elle devrait faire si quelqu'un la sollicitait. Elle avait juste mis en ligne une page donnant ses coordonnées et indiquant qu'elle purifiait les lieux et les personnes. Elle avait recopié quelques mots volés par ci par là sur d'autres sites, pour étoffer un sujet dont elle ne savait pas parler. « Ils » lui avaient dit quoi faire, mais pas comment.

Elle restait toutefois confiante, se disant que s'ils étaient vraiment là pour l'aider, alors le jour J ils se manifesteraient à nouveau pour lui expliquer comment procéder. Il ne lui restait plus que deux semaines à faire au cabinet et pour former la nouvelle recrue. Jen ne répondait toujours pas à ses appels et ne donnait pas suite à ses messages. À chaque fois elle concluait par : « Quand tu le voudras, rappelle-moi, je serai toujours là. »

Elle avait passé une annonce pour donner son cheval. Le vendre était pour elle impensable et le garder était économiquement irréalisable. Il fallait garder un peu d'avance pour vivre les prochains mois, en espérant que sa nouvelle activité lui permettrait de manger à sa faim. Ce matin-là, en ouvrant ses mails, elle reçut enfin une demande : « Bonjour, je viens de voir vos coordonnées sur internet. Nous habitons un manoir qui a plus de 500 ans. Nous en avons hérité il y a trois ans de ma famille. Depuis, mon mari et moi nous vivons un véritable enfer. Notre couple tient pour l'instant mais nos disputes répétées nous éloignent chaque jour un peu plus l'un de l'autre. Il se passe des choses très troublantes et l'atmosphère est intenable. Nous l'avons mis en vente il y a 8 mois. Nous n'avons eu qu'une seule visite, ce qui est bien dommage car le cadre est magnifique et la bâtisse très bien entretenue. Je vous joins une photo. Pourriez-vous faire quelque chose pour nous ? »

La photo montrait en effet un manoir splendide sur trois étages avec deux tours. Léa trouvait qu'à première vue ils avaient de la chance. Puis tout à coup elle fut prise à la gorge. C'était comme si quelque chose tentait de l'étrangler. Elle eut du mal à respirer. Elle retourna la photo et se concentra sans réfléchir sur le Notre Père, seule prière qu'elle connaissait. Sa respiration redevint peu à peu correcte et son cœur cessa de faire des bonds sa poitrine. Il ne fallait pas en rester là. Elle nota leur adresse et chercha sur une carte. Ils étaient à un peu moins d'une heure de route. Elle répondit sans attendre qu'elle pouvait essayer de les aider et leur proposa d'intervenir le samedi suivant.

Le soir même Mr et Mme Armand lui répondaient qu'ils étaient ravis et qu'ils acceptaient. Ils relevèrent par contre le fait qu'il n'y avait pas de tarif pour sa prestation. Question bien délicate à laquelle elle n'avait pas encore réfléchi. Attendant de voir par la suite, elle répondit seulement « tarif libre ».

Le samedi suivant, il fallait choisir ce qu'elle devait emporter. Elle passa plus d'une demi-heure à essayer des tenues. Elle voulait paraître sobre, sérieuse, digne de confiance mais aussi simple et abordable. Elle opta finalement pour un pantalon fluide rose et un haut blanc. Des couleurs gaies, vives et positives ! Un maquillage à minima et c'était parti.

Aurait-elle dû apporter quelque chose d'autre ? Un pendule, une bible, de quoi écrire ? Elle n'en avait aucune idée. Alors tout en roulant elle répétait intérieurement « Ne me laissez pas tomber, aidez-moi « là-haut », j'ai un peu du mal à me rappeler de tout alors faut pas m'abandonner ! »

C'est Madame Armand qui l'accueillit en premier du haut des marches de l'escalier de pierre orné de pots de fleurs jaunes et oranges. C'était une femme d'une cinquantaine d'années, les cheveux très courts grisonnants, habillée de façon très classique mais chic. Elle était assez maigre et bien qu'elle esquissât un sourire poli, Léa sentit toute la détresse de la maîtresse de maison.

- Bonjour, je suis Madame Armand, encore merci de vous être déplacée.

- C'est normal. Merci à vous de m'avoir contactée. C'est vrai que c'est un cadre magnifique.

Le manoir était impeccable, les façades ravalées, les volets changés, les allées désherbées, les haies taillées au millimètre près, les arbres centenaires témoignant de toute la majesté de la nature.

- Votre mari n'est pas là ?

- Il a dû s'absenter pour faire quelques courses. Pour être honnête, dès qu'il peut ne pas se trouver ici, il part.

- Je comprends.

- Venez, je vais vous faire visiter.

Mme Armand l'invita à la suivre et elles montèrent la dizaine de marches les séparant de l'immense porte d'entrée. Celle-ci ne manqua pas de grincer, comme dans les pires films d'horreur mettant en scène des maisons hantées.

Léa sentit son pouls s'accélérer. Elle ne savait pas ce qu'elle allait trouver mais commençait déjà à se sentir mal à son aise. Il flottait une odeur de moisi assez forte et Mme Armand remarqua sa grimace.

- Nous avons fait nettoyer de fond en comble le manoir, avec tous les produits possibles et imaginables, et pourtant cette horrible odeur persiste.

- Je vois ça. C'est impressionnant.

Elle la fit passer par toutes les pièces. Les murs étaient tapissés de tableaux anciens, représentant certainement des ancêtres de la famille. Les armoiries étaient d'origine, comme la plupart des meubles. Malgré la beauté des décors et objets anciens, l'atmosphère était lourde, triste et n'incitait pas à rester dans les lieux.

Une fois la visite terminée, son hôtesse lui demanda :

- Alors, de quoi avez-vous besoin ? Vous ressentez quelque chose ?

Léa ne décodait rien pour l'instant.

- Expliquez-moi d'abord ce qui se passe exactement dans cette maison.

- Nous avons des objets déplacés, des lumières qui s'éteignent, des portes qui claquent sans raison et des bruits de pas qui courent. C'est très impressionnant, nous dormons très peu. Il nous arrive parfois d'aller à l'hôtel juste pour avoir une nuit de tranquillité.

- Je sais que cela va vous paraître étrange mais puis-je rester seule ici ? Je vous promets, je ne toucherai à rien.

Léa sentait qu'elle devait être seule pour pouvoir « capter » sans les interférences de la part des occupants.

- Bien sûr, je vous laisse, je serai sur la terrasse de la cuisine, venez me chercher quand vous aurez fini.

Léa sursauta malgré elle quand la porte se referma. Elle se rendit dans le grand salon et se mit face à la gigantesque horloge qui martelait le silence de ses « Tic-Tac » réguliers et obsédants. Alors elle fit le vide en elle et se mit à l'écoute. Le tic-tac devenait hypnotique, comme si on cherchait à l'endormir. Peu à peu la pièce sembla plus sombre malgré la clarté étincelante du soleil au zénith que les grandes fenêtres laissaient entrer. Un léger courant d'air frais passa sur sa nuque. Alors sa vue de modifia, la pièce changea, les canapés n'étaient plus à la même place. Elle vit un couple, habillé comme au dix-huitième siècle. La femme était très belle, rousse aux yeux de chat. L'homme plus âgé était à l'inverse très austère. Elle comprit qu'ils étaient mari et femme. Elle dut faire un effort supplémentaire pour comprendre ce qu'ils disaient. Elle voulait le quitter, il refusait. Il lui promettait qu'il la tuerait si elle partait. Elle le gifla. Alors il referma ses mains autour de son cou, Léa se sentit suffoquer comme quand elle était chez elle en voyant la photo. L'air venait à lui manquer. Puis elle se reprit, il fallait qu'elle mette une barrière entre elle et la jeune femme rousse. Elle pria pour qu'on l'aide à se détacher du ressenti de la vision. Elle se remit à respirer normalement. La femme rousse s'écroula à terre. L'homme comprit qu'il venait de la tuer et pourtant aucune larme ne coula sur sa joue. Il enroula le corps dans le tapis, tapis qui était toujours là aujourd'hui. Léa le suivit des yeux et alla jusqu'à la fenêtre pour voir où il allait. Il était sorti. Il s'empressa de creuser un trou au pied du premier arbre qu'il trouva. Il enterra le corps à la hâte et revint poser le tapis à sa place pour le savonner en profondeur. On voyait ensuite une scène avec beaucoup d'invités de noir vêtus. L'homme se forçait à pleurer, et jouait très bien la comédie. Puis tout s'effaça. La pièce redevint comme elle était aujourd'hui.

Léa s'assit quelques instants, la vision l'avait un peu affaiblie. La scène était figée dans le temps. Elle sentait encore l'énergie de la jeune femme assassinée roder autour d'elle et toute la noirceur de son bourreau. Maintenant qu'elle comprenait ce qui polluait les lieux, qu'allait-elle faire ?

« Oh, « là-haut », c'est maintenant qu'il faudrait me guider !!! » murmura-t-elle toute seule. Elle fit le tour du salon, ne sachant par où commencer. Elle ferma les yeux pour se recentrer. Elle fut alors propulsée en arrière par une force invisible, ce qui la fit trébucher. Elle se releva, à nouveau sa gorge lui serrait, comme si l'homme était en train de l'étrangler à son tour. Puis elle comprit qu'il ne fallait pas lutter, ça ne servirait à rien. Elle se calma, essaya de respirer tant bien que mal et se concentra sur la seule prière qu'elle connaissait.

Elle récita sans cesse le Notre Père en fermant les yeux, tentant d'envoyer tout son amour sur l'entité qui l'agressait. Elle sentit la pression relâcher, ça commençait à fonctionner. Mais elle comprit aussi que ça ne suffirait pas, il fallait se montrer plus persuasive. Alors mue d'une détermination venant du plus profond de son être, elle cria à voix haute : « Ce n'est pas ici chez toi, passe de l'autre côté… ! » Puis l'inspiration vint : « Je demande aux êtres de lumières, à l'archange Michaël de bien vouloir aider l'âme en détresse qui gît dans ses lieux, je demande la purification du manoir de Mr et Mme Armand, ceci se réalise ici et maintenant et je remercie pour cette action ! »

Une boule de lumière blanche apparut au centre de la pièce, elle respirait à plein poumons et eut la sensation de flotter sur un nuage. Elle sentit une vague d'Amour, un Amour si puissant qu'il pouvait vous porter les larmes aux yeux. Elle se rappelait de cette sensation. Une fraction de seconde elle aurait voulu dire « Prenez moi moi aussi, je veux revenir avec vous… ».

Le calme revint et la boule de lumière se dissipa. L'atmosphère était métamorphosée. Léa sentit le besoin d'aller ouvrir les fenêtres pour aérer et permettre de redonner vie au salon. Elle comprenait maintenant le but de tous ces rêves. On l'avait préparée à ça, sans qu'elle ne s'en rende compte.

Elle alla chercher Mme Armand qui s'impatientait sur sa terrasse :

- J'ai fini, vous allez enfin pouvoir reprendre le cours de votre vie. Je vous conseille cependant de jeter ou de brûler le tapis du salon.

- Merci, mais alors, qu'avez-vous trouvé… ? Enfin, non, je ne veux pas savoir, il y a des choses qui me font encore très peur et je préfère en rester là.

Mme Armand offrit un café à la jeune femme et se confondit en remerciements car déjà elle se sentait mieux chez elle. Au moment du départ, elle tendit une enveloppe à Léa.

Epuisée mais heureuse d'avoir pu aider cette famille, Léa prit le chemin du retour. Elle attendit d'être arrêtée plus loin à un feu pour regarder ce que contenait l'enveloppe. Quelle ne fut pas sa surprise en voyant qu'il y avait un billet de 100 euros !

« Si les gens sont aussi généreux, pas de soucis, je pourrais bien finalement ne pas avoir à prendre un autre travail à côté ! »

Depuis son intervention au Manoir, les appels s'étaient multipliés. Mr et Mme Armand avaient retiré le manoir de la vente et s'y sentaient enfin chez eux. Ils lui avaient fait une excellente réputation et le bouche-à-oreille avait parfaitement fonctionné. Depuis cinq ans, elle se consacrait entièrement aux soins sur les personnes et les lieux. Ses ressentis s'affinaient et elle concluait toujours ses rendez-vous par un message des guides ou des défunts, comme un cadeau du ciel pour que la guérison soit totale. Elle avait perdu une bonne partie de ses amis mais les plus sincères restaient et l'encourageaient.

Jen mit plus d'un an à la rappeler. Elle n'avait pas voulu écouter les conseils de Léa et elle devait subir une hystérectomie. En désespoir de cause, elle avait recontacté Léa pour qu'elle l'accompagne dans cette épreuve. Elles étaient de nouveau inséparables et Jen vantait ses capacités à qui pouvait en bénéficier.

Le mois de Mai touchait à sa fin. Les gouvernements se réunissaient encore pour discuter des problèmes de l'environnement. Mais comme les fois précédentes, aucune législation ou action n'avait vu le jour. On manifestait dans les rues pour le prix de la viande, du lait... mais jamais pour dire qu'il fallait agir pour la planète. Les séries télévisées de science-fiction se multipliaient sur les extraterrestres, ce qui faisait sourire Léa. Préparait-on les mentalités à voir leur futur changer ?

Dans l'immense boutique la plus prisée des futurs mariés, Jen essayait toutes les robes possibles et imaginables. Elles en étaient à leur quatrième séance en deux semaines et déjà Léa priait le ciel pour que ce soit la bonne. Jen était radieuse. Elle et Mike avaient décidé d'entamer les démarches pour une adoption dès qu'ils seraient mariés. Rencontré à l'hôpital, Mike était l'infirmier qui l'avait suivie lors de son opération. Depuis, ils ne s'étaient plus quittés.

Léa était des plus heureuses pour son amie, tout allait bien. Elle aimait ce qu'elle faisait, elle était entourée de gens formidables et elle se sentait à sa place. Jen était de nouveau en cabine. Léa alla se dégourdir les jambes et s'avança jusqu'à la baie vitrée. Le ciel était d'un bleu limpide. Quelque part, là-haut, elle aussi avait sa moitié, son âme sœur. Elle ferma les yeux pour se rappeler les sensations, cette visite qu'on lui avait accordée, ces rêves où elle le voyait, son contact lumineux et plein d'Amour.

- Et oh, tu n'as pas le droit de rêvasser, viens me dire si celle-là me va mieux ! beugla Jen, comme si ça vie dépendait du choix de sa robe.

- J'arrive, souffla –t-elle. « À bientôt » pensa-t-elle pour Maël.

Il s'était éclipsé quelques instants. Il avait senti son appel. Elle était si belle, dans son chemisier cintré couleur turquoise. Il aurait donné n'importe quoi pour pouvoir la toucher. Il avait réussi à faire déménager son protégé, un ancien médecin conventionnel à qui il avait réussi à insuffler l'Eveil. Maintenant, il complétait sa pratique par des techniques moins conventionnelles. Le Conseil avait décidé qu'il était temps pour Léa d'avoir un compagnon et une aide terrestre. Qui mieux que lui pour guider une âme d'homme vers elle ? Il avait d'abord été très enthousiaste pour cette nouvelle mission. Mais plus il arrivait à se rapprocher d'elle, plus il sentait son cœur se serrer à l'idée de la voir avec un autre. Plus il passait de temps sur terre, autour des incarnés, plus leurs émotions et leurs façons de penser l'affectaient. Quand les autres guides remontaient se ressourcer au ciel pendant leur mission, lui profitait de son temps de repos pour lui rendre visite. On l'avait pourtant prévenu qu'il s'affaiblirait à rester si bas dans la troisième dimension mais il repoussait ses limites à chaque fois. Sébastien, l'Être de cristal qu'il accompagnait, était une belle âme, avec un physique qui ne manquerait pas de plaire à Léa, il en était sûr. Il fallait maintenant provoquer la rencontre !

Anaël, le gardien de Léa qui le remplaçait, le vit qui planait devant la boutique de mariage.

- Bonjour Maël, tu devrais remonter, ton aura commence à s'étioler.
- Je sais, j'y vais. Encore merci de me permettre ces visites.
- Je pense qu'il est temps que Léa suive elle-même un soin. Elle va se sentir fatiguée, d'ici quelques jours elle devra trouver quelqu'un pour la nettoyer…
- Je ferai en sorte que Sébastien soit disponible.
- À très bientôt mon frère. Repose-toi bien là-haut.

Cela faisait deux semaines que Léa ne se remettait pas de sa grippe. Elle sentait que quelque chose n'allait pas. Elle traînait nuit et jour dans son appartement, toujours en pyjama et entamant une plantation de mouchoirs sur sa moquette couleur de terre du soleil. Elle avait même cédé et avait pris des antibiotiques.

- Anaël, si tu es là, ce serait bien que tu te rendes utile !

Elle savait que son guide n'était jamais bien loin, et maintenant elle connaissait son nom. Lors d'un dégagement très difficile sur une jeune femme possédée, il s'était montré à elle pour la guider et la protéger. Anaël intervint à sa façon, comme toujours, par une synchronicité !!! Alice l'appela sur son téléphone :

- Salut Léa, comme tu étais malade, j'ai trouvé quelqu'un pour me faire un soin. Il est super, et canon en plus. J'ai beaucoup parlé avec lui, et sache qu'il a l'habitude de soigner aussi les médiums et thérapeutes. Tu devrais y aller, au moins pour te débarrasser de cette fichue grippe !
- Tu as raison, j'en peux plus, donne-moi son téléphone.
- Il s'appelle Sébastien Agathe, je t'envoie son numéro par sms.
- Merci, et donc toi ça va ?
- Impeccable, je n'ai plus du tout mal à l'épaule. Un vrai miracle.

Léa avait encore dû annuler tous ses rendez-vous de la semaine. Réalisant qu'il ne fallait pas que ça dure, elle composa sans tarder le numéro de Sébastien. Une voix très masculine et chaleureuse lui répondit :
- Sébastien Agathe, que puis-je faire pour vous ?
- Bonjour, j'ai une grippe qui dure depuis quinze jours et qui ne me lâche pas.
- Je vois. J'ai une annulation demain, 10 heures ça vous va ?
- C'est parfait merci.
- Votre nom ?
- Léa Knott.
- Léa Knott, la guérisseuse qui terrasse toutes les entités qui traînent parmi nous ? ironisa-t-il.
Léa ne savait pas si elle devait se sentir flattée ou s'il se moquait d'elle.
- Vous avez entendu parler de moi ? s'aventura-t-elle.
- Bien sûr. Le quart de ma clientèle vient de personnes que vous ne pouvez pas recevoir ! J'avoue que depuis une semaine mon agenda déborde. Et comme je suis également medium, je sais que vous vous êtes fait un nom aussi de l'autre côté.
Léa se sentait perplexe. Alors comme ça un Incarné pouvait connaître les ragots de l'autre monde ? Il commençait à l'intriguer.
- Je ne vous ai pas fait peur au moins ? demanda-t-il alors que Léa laissait planer le silence.
- Non non, bien sûr que non. Je vous remercie pour ce rendez-vous, à demain.
Qu'aurait-elle pu dire d'autre !
- C'est moi qui vous remercie, c'est un grand honneur que de me faire confiance pour vous aider. À demain.
Cela n'avait duré que quelques minutes et pourtant elle était déjà troublée. Se sentait-elle agacée ou perplexe ? Elle ne savait même pas quoi penser, elle qui avait toujours eu l'instinct clair quand il s'agissait de choisir un thérapeute. Intriguée, elle alla pianoter sur internet, juste pour voir si certains avaient laissé des avis sur ce

guérisseur. Elle trouva quelques photos qui ressemblaient davantage à des clichés d'un mannequin célèbre. Il avait apparemment une clientèle très féminine. « Tu m'étonnes qu'il soigne bien, rien qu'à voir sa tête tu vas mieux, » pensa-t-elle. Il n'y avait que des éloges à son sujet. Il avait même écrit trois livres : « La médecine et l'énergétique », « Ils sont encore là » et « Pollutions et dangers des inframondes ». Tout un programme en fait. Il avait un site internet, bien plus évolué que le sien. Il avait d'abord fait médecine puis après quatre ans de pratique, il avait complété par des techniques plus novatrices et naturelles. Il se disait aussi passeur d'âmes. Elle allait être confrontée pour la première fois à une autre personne percevant l'autre monde, ce qui promettait d'être très enrichissant.

Jen sonna à la porte mais n'attendit pas qu'elle réponde pour ouvrir. Toujours à son aise, elle déposa son sac de courses sur la table :

- C'est le ravitaillement.

Elle vint se placer aussitôt derrière elle.

- Ouah le beau gosse, tu comptes t'inscrire sur un site de rencontre ? se moqua-t-elle.

- Merci pour les courses. J'ai rendez-vous demain avec ce monsieur, Alice me l'a conseillé pour me débarrasser de cette maudite grippe, c'est un thérapeute, un peu comme moi.

- Super, même s'il ne te soigne pas, n'oublie pas de l'inviter à sortir. À défaut de soigner ton corps il pourrait toujours te soigner autre chose… Allez, je repars, je dois rentrer je ne peux pas rester. Bisous ma belle.

Aussitôt arrivée, aussitôt repartie. C'est vrai qu'il était sacrément beau …

Léa s'était réveillée bien avant la sonnerie, aussi stressée que si elle devait passer un examen. Elle méditait devant sa garde-robe. Elle était malade mais ne voulait pas paraître négligée, et une tenue trop avantageuse pouvait être mal interprétée. Un maquillage léger et naturel, son collier avec son cristal de roche et il était déjà l'heure de partir. Pourquoi voulait-elle faire si bonne impression ? Avait-elle peur qu'il la juge sur ses dons ou son apparence ? L'heure n'était pas aux tergiversations intellectuelles, à ce rythme-là, elle allait être en retard, chose qu'elle détestait par-dessus tout.

Le bureau de Sébastien avait un petit parking privé, situé en banlieue et dans un immeuble assez récent. Apparemment il partageait les lieux avec un ostéopathe et une sophrologue. Il y avait déjà deux personnes dans la salle d'attente. Elle espérait qu'ils ne soient pas là eux aussi pour Sébastien, elle n'avait aucune envie d'attendre plus d'une heure son rendez-vous. Mais à peine avait-elle posé son sac qu'elle entendit appeler son nom depuis la dernière porte du couloir.

Elle se releva à la hâte et s'avança d'un pas hésitant, espérant ne pas avoir à renifler à chaque inspiration. Pourtant, c'était pour ça qu'elle venait !

- Bonjour mademoiselle Knott, enchanté.

Il avait la poignée de main sûre et elle fut étonnée qu'il trouve aussi le temps pour faire du sport... Il était encore plus charmant qu'en photo. Il fallait surtout se concentrer pour ne pas passer pour une groupie en mal d'amour.

- Asseyez-vous, je vous en prie.

Son bureau était très sommaire, une étagère blanche avec quelques livres, une table de massage, et un bureau en verre avec deux tréteaux. Elle s'assit face à lui dans un fauteuil très confortable en velours gris.

- Alors racontez-moi ce qui vous résiste ?

La métaphore était assez amusante pensa-t-elle.

- J'ai une grippe depuis quinze jours et malgré tout ce que j'ai pu essayer elle persiste.

- On m'avait dit que vous étiez charmante mais vous avoir en personne en face de moi dépasse de loin ce que j'avais pu m'imaginer.

Ça y est, elle le sentait, ses joues s'empourpraient et plus elle y pensait plus elle rougissait. Elle trouva très déplacé qu'il réponde par un compliment. Cependant, elle devait se l'avouer, c'était très flatteur et appréciable.

- Je ne voulais pas vous mettre mal à l'aise. Je suis assez direct et parfois ça peut déstabiliser. Revenons-en à votre grippe, quand est-ce apparu ?

- Eh bien, je revenais de la Nième boutique de mariage pour ma meilleure amie et nous avons dû mettre la climatisation trop forte et…

- Donc vous avez la raison, c'est déjà ça.

Léa ne s'était même pas rendu compte que la phrase était sortie toute seule. Jen se mariait. Et elle, elle était toujours seule. En ayant la grippe, elle maintenait un climat de dépendance avec elle. Il fallait que Jen s'occupe d'elle et pendant ce temps elles ne pouvaient plus faire du shopping pour le mariage. Elle s'en voulut de cette attitude assez égoïste et qui ne lui ressemblait pas du tout.

Puis comme elle s'y attendait, il lui posa des questions sur sa vie, sa date de naissance, ses parents, les moments marquants dans sa vie…

- Passons à table, comme j'aime le dire ! Vous connaissez le truc, on enlève bijoux, montre, ceinture, et vous prenez place sur le dos.

Pendant qu'elle s'installait, il lança une musique de relaxation.

- C'est Llewellyn ? demanda –t-elle.

- Oui, « Dream of Pegasus », mon préféré.

Et en plus il mettait une musique avec un fond sonore mettant en scène des chevaux ! Ça commençait à devenir plus que troublant. Comment ne pas voir les signes. Elle pensa un instant à Anaël : « Si tu cherches à me faire passer un message, c'est peine perdue, je n'ai pas du tout l'intention de m'aventurer dans ce domaine-là. »

Le soin commença et Léa se sentit très apaisée, bercée par des ondes purifiantes et bienveillantes. Elle sentait déjà ses sinus se dégager, le brouillard quitter sa tête. C'était impressionnant. Elle se demandait si les gens qu'elle soignait ressentaient autant de bien être. Ce qui pourrait expliquer pourquoi son carnet de rendez-vous ne désemplissait pas ! Son esprit était parti flotter très loin, dans les collines qui lui servaient de lieu de repos dans ses méditations. Trop vite à son goût, il lui annonça qu'il avait terminé.

Il reprit place à son bureau tandis qu'elle remettait ses bracelets et ses chaussures. Elle sentait son regard sur elle. Elle en aurait été gênée plus tôt, puis elle se dit : « Autant en profiter, je plais, pourquoi devrais-je refuser l'idée d'être désirable ? De toute façon, une fois partie, ce sera fini. »

Il écrivit quelque chose sur un post-it et tandis qu'elle s'apprêtait à payer il lui dit :
- Pas la peine, pour vous, aujourd'hui, c'est gratuit.
- Ça me gêne, je préfère quand même vous laisser quelque chose, insista-t-elle.
- D'accord mais pas d'argent. Vous acceptez un rendez-vous avec moi et nous sommes quittes. (Il lui tendit le post-it.) C'est l'adresse d'un superbe restaurant au bord d'un étang à trente kilomètres d'ici. Vous ne serez pas déçue.

Son mental lui disait de refuser. Elle ne le connaissait pas. C'était une proposition malvenue. Cependant, une autre partie d'elle-même en mourait d'envie, lui criait : « Laisse faire. » La curiosité ? L'envie de passer une soirée accompagnée ? Son regard charmeur qui en disait long sur la façon dont il obtenait toujours ce qu'il voulait eut raison de son hésitation :
- Très bien, j'accepte, merci de l'invitation.
- Super ! (Il avait vraiment l'air d'un enfant à qui l'on avait promis un tour de manège.) Je passe vous prendre samedi à 19h.

Et déjà il notait son adresse. Elle espérait seulement ne pas avoir à regretter d'avoir accepté.

Sébastien s'était couché le cœur en fête. Il n'avait jamais ressenti ça auparavant. Et elle était comme lui, enfin une femme avec qui il pourrait partager toutes ses idées, ses pensées, ses interrogations… Il imaginait déjà toutes les questions qu'il voulait lui poser pour apprendre comment elle s'était activée, si elle voyait son Guide...

Le sourire aux lèvres il s'envola dans un de ces rêves dont il ne garderait aucun souvenir mais où nous recevons tous, au creux de notre inconscient, des initiations, des conseils, des clefs. Son esprit reconnut Maël. Ils marchaient tous deux côte-à-côte le long de cette forêt aux arbres clairs et parsemés, laissant passer les rayons d'un soleil bien plus lumineux que sur terre.

- J'ai fait la rencontre d'une jeune femme qui m'a bien ému. Je suppose que tu as aidé à orchestrer cela, commença Sébastien.

- Disons que j'ai effectivement aidé à favoriser votre rencontre. C'est une très belle âme, vous pourriez faire beaucoup de bien ensemble parmi les Hommes.

- Il me semble pourtant qu'il y a quelque chose que tu ne me dis pas. Je le sens, tu vibres différemment.

- Rien qui ne te soit utile en bas.

- Maël, tu sais qu'en bas, je n'aurai aucun souvenir de cette discussion, nous sommes bien trop hauts.

- Et d'ailleurs tu ne devrais pas t'attarder, nos petites rencontres ici doivent rester ponctuelles et rapides, pour ton bien être sur terre.

- Maël, dis-moi de quoi il retourne.

Mais déjà son guide le renvoyait sur terre. La discussion était close.

Le lendemain, Léa se sentait déjà revigorée et retrouvait son énergie. Ses pensées ne quittaient plus Sébastien mais à chaque fois une petite voix lui rappelait qu'il n'était pas Maël. Elle savait que jamais elle ne pourrait avoir une autre âme sœur mais l'amour a plusieurs facettes et se multiplie à l'infini. Comment accepter de tomber sous le charme d'un homme alors qu'elle savait que sa moitié était au-delà des limites ? Alice l'avait déjà appelée pour lui demander comment cela s'était passé. Elle n'avait pas caché sa jalousie quand elle lui avait annoncé qu'il l'invitait à un dîner en tête à tête. Elle l'enviait et espérait qu'elle profiterait de l'occasion pour enfin se laisser vivre...

Elle put reprendre ses rendez-vous et les deux derniers jours de la semaine parurent plus longs que les autres. Les heures passaient comme les années. Elle devait réussir à occuper son samedi pour ne pas faire les cents pas en attendant le soir. Puis elle profita de la fin d'après-midi pour prendre un bon bain, s'épiler, et prendre soin de sa peau. Tout ce qu'elle trouvait de très superficiel chez les autres femmes lui paraissait soudainement très important et indispensable. Elle choisit une robe qui marquait bien sa taille, assez colorée pour avoir l'air plus gaie et ne pas faire trop conformiste. Son eyeliner soulignait ses yeux clairs et elle choisit de relever ses cheveux en un chignon laissant apparaître sa nuque.

Enfin, Sébastien sonna à la porte. Léa voulut d'abord se précipiter puis se rappela qu'il ne fallait pas non plus avoir l'air d'attendre impatiemment.

- Bonjour, je vous en prie entrez, je vais chercher mes affaires.
- Merci, vous êtes ravissante.

Elle lui tourna le dos pour qu'il ne voie pas qu'il la déstabilisait ! Elle aurait voulu lui répondre qu'il était à croquer et que finalement elle préférait qu'ils passent de suite dans la chambre en faisant l'impasse sur le repas mais... autant ne plus y penser. Son ancien « elle » refaisait surface, ses côtés « charmeuse et désinvolte » ne demandant que quelques instants de liberté.

Très gentleman, portant avec classe sa chemise blanche et son jean qui mettait en valeur tout ce qui devait l'être chez un homme, il lui ouvrit la portière de sa 308 et la fit entrer dans la voiture comme s'il s'agissait d'une limousine de luxe. Il avait toujours ce petit sourire en coin, comme s'il s'amusait de toute situation qui se présentait. La soirée s'annonçait très agréable. Elle n'avait qu'une envie ce soir, ne plus être Léa, la guérisseuse, l'enfant Cristal qui avait une mission à suivre. Elle voulait juste être une femme. Une femme qui vivait avec un corps de femme, sur Terre... Ni plus ni moins.

Le cadre était en effet magique. Le restaurant était une guinguette très bien décorée, illuminée de lampions et bercée d'une musique aux mélodies bretonnes.

Ils commandèrent deux mojitos pour commencer puis il la conseilla sur les merveilles qu'ils faisaient sur les poissons.

- C'est vraiment un bel endroit.

- Finalement vous ne regrettez pas d'avoir accepté ?

Léa se sentit gênée, pouvait-il lire dans ses pensées ? Avait-il deviné ou ironisait-il à l'aveuglette ?

- J'avoue, je ne regrette pas, je passe une très bonne soirée, répondit-elle d'un ton déterminé sans se démonter.

- La forêt derrière moi s'appelle la Forêt des Fées. Vous savez pourquoi ?

- Non.

Il lui conta l'histoire du lieu en y mettant tous les petits détails qui pouvaient mettre en relief le mystère et la magie. Elle buvait ses paroles comme du petit lait, hypnotisée par ses lèvres, sa bouche, se demandant ce qu'elle pourrait ressentir s'il l'embrassait... Depuis quand n'avait-elle pas eu de rendez-vous galant ?

- La légende dit que les Anciens communiquaient avec les fées, les lutins et les dévas de la nature. Ils pouvaient ainsi connaître les plantes qui soignent, les rythmes de la nature… Vous en avez déjà vu ?

La question aurait pu être innocente mais Léa crut comprendre qu'il y avait une sorte de test.

- Je n'ai jamais été à l'aise dans les forêts, je sais que beaucoup de personnes qui ont des dons apprécient les bienfaits des promenades en forêt, mais à vrai dire, je ne m'y suis jamais sentie bien et en plus je crains les bestioles.

Quitte à passer pour une petite nature, au moins il savait à quoi s'attendre.

- C'est normal. Les forêts denses ne laissent pas passer suffisamment la lumière et le vent. Elles sont étouffantes et les énergies y sont très denses. Beaucoup d'entités de la nature sont très proches du bas astral. C'est pourquoi les personnes sensibles comme vous peuvent ne pas se sentir dans leur élément. Vous préférez sûrement les grands espaces, les prairies ou les montagnes dégagées.

À croire qu'il la connaissait déjà. Il avait une assurance et une virilité naturelles, ce qui ne l'aidait pas à chasser certaines arrière-pensées de son esprit.

- Nous pourrions nous tutoyer car apparemment vous me connaissez déjà mieux que ce que je ne pensais, ironisa-t-elle à son tour.

Léa dégusta son repas avec un plaisir non déguisé et se laissa porter par la douceur du soir. C'était comme s'ils étaient seuls au monde. Ils en profitèrent pour faire quelques pas et s'aventurèrent à l'orée des bois. Puis Léa commença à sentir un malaise, ne pouvant réprimer la sensation qu'ils étaient suivis. Elle n'osa pas en parler et essaya d'oublier un moment cette sensation pour profiter du moment. Mais c'était peine perdue, elle n'arrivait pas à se défaire de cette sensation. Son regard se porta instinctivement sur un vieil arbre à sa droite. Il faisait trop sombre pour en apercevoir la cime et pourtant elle avait l'impression que quelque chose bougeait.

- Tu la vois toi aussi ?
- Pardon ? Quoi donc ? s'étonna-t-elle.
- L'ombre.
- Tu l'as déjà vue ?

Elle se sentit soulagée de ne pas être la seule à la percevoir.

- Malheureusement oui. Partons, il ne fait pas bon rester là. Ça a bien changé ici depuis la dernière fois où je suis venu. Je suis sûr que certains se sont amusés à invoquer certaines forces sans pouvoir les contrôler. Les séances de magie sont dangereuses, certains se font un business très lucratif en offrant un spectacle dont ils ignorent la portée. Ils pensent faire le bien dans la lumière. Mais la vanité et l'égo sont trompeurs.

Cette fois ci, plus aucun sourire ne venait ponctuer ses phrases.

Sans qu'elle y prêtât attention, il avait déjà pris sa main dans la sienne et la ramenait presque autoritairement vers la voiture. Une fois à l'intérieur, il reprit calmement.

- Il ne faut surtout pas y porter attention. Cette ombre suit les Cristal comme nous, prête à bondir dès la moindre faille. Moins nous lui accorderons de crédit, plus nous serons en sécurité.

Il les avait suivis à pied. Son cigare à la main, il attendait toujours que l'Ombre donne ses ordres. Il les avait pourtant attirés aussi loin qu'il l'avait pu dans les bois. Mais l'homme avait senti qu'ils se mettaient en danger et avait fait demi-tour. Pourtant, ces bois regorgeaient de ressources pour qu'ils aient le dessus. Une occasion manquée, il y en aurait d'autres.

Sébastien la ramena jusqu'au pas de sa porte. Allait-il tenter de l'embrasser ? Au lieu de ça, il posa un seul baiser sur sa joue en murmurant :
- Merci pour cette soirée, je n'avais pas passé d'aussi bons moments en aussi bonne compagnie depuis bien longtemps.
Léa le regarda s'en aller, sans savoir si elle devait regretter un baiser ou l'en remercier. Au moins, elle ne regretterait pas une impulsion momentanée. Cependant, qu'est-ce qui pouvait bien sortir de tout ça ? Elle rentra chez elle, le cœur en pagaille. Puis elle s'immobilisa au milieu de son salon. Elle sentit une brise légère lui caresser le visage. Elle connaissait cette douceur, elle l'avait toujours connue. Était-ce un signe d'encouragement ? Une marque pour qu'elle n'oublie pas ? La nuit portait conseil disait-on...

Sébastien regardait toujours dans son rétroviseur. Il ne sentait pas en sécurité, il avait hâte d'arriver chez lui. Ces temps-ci, il la voyait de plus en plus rôder. Mais il n'était jamais attaqué. Il se savait bien aligné et la présence de son guide le rassurait. Cependant, il sentait bien le voile qui séparait les deux mondes se rétrécir. Le combat du ciel se répercutait de plus en plus en bas. L'apocalypse ne serait peut-être pas qu'une éventualité ! Il avait bien étudié les prophéties et les légendes. Il savait bien que le libre arbitre existait toujours, que les hommes avaient encore le pouvoir de faire changer les choses. Mais les hommes de bien seraient-ils assez nombreux pour ça ?

Il se servit un bon verre de Chardonnay en arrivant. Il se repassait en mémoire chaque moment de cette délicieuse soirée avec Léa. Il remerciait intérieurement le ciel pour cette rencontre bénie.

Le téléphone sonna trop tôt à son goût. Elle s'empressa toutefois d'aller répondre, espérant malgré elle un appel de Sébastien. Cela faisait une semaine qu'ils s'étaient vus. Elle avait eu quelques messages mais pas encore de nouvelle invitation. Attendait-il que cela vienne d'elle ? Au lieu de cela, c'était un numéro inconnu :
- Bonjour, je vous appelle pour un soin pour ma fille.
- Oui, bien sûr, quel âge a-t-elle ?
- 7 ans madame.
- Et qu'est-ce qui vous fait dire qu'elle a besoin de moi ?
- Eh bien, écoutez, vous comprendrez mieux…

Léa entendit comme une voix rauque, sortie de nulle part. Une voix d'homme, qui murmurait des choses dans une langue ancienne. Léa en eut froid dans le dos. Pauvre fillette.
- Laissez-moi annuler deux trois rendez-vous et j'arrive.
Certaines urgences n'attendent pas. Elle prit note de l'adresse et recula ses rendez-vous à l'après midi. Elle finirait tard, mais elle en avait l'habitude.

Madame Marielle vivait seule avec sa fille Chloé au troisième étage d'un immeuble de la banlieue ouest. Un bâtiment peu avenant, qui déjà lui faisait froid dans le dos. Des façades détériorées, des graffitis insultant l'art des rues… Une odeur tenace montait des poubelles qui s'empilaient en contrebas.
Elle pénétra dans le hall qui n'était pas fermé à clef et grimpa les escaliers en commençant à visualiser une boule de lumière l'entourant.

Elle toqua à la porte et une femme pas plus haute qu'un mètre cinquante aux cernes bleutés lui ouvrit la porte. Il faisait un froid inhabituel. L'appartement était très typé années 70 avec des tapisseries fleuries dans les tons orange. Tout ce qu'elle détestait. Elle entendit des râles depuis le fond du couloir :

- Bonjour, merci de vous être déplacée aussi vite.

- C'est normal. Depuis combien de temps est-ce ainsi ?

- Ça a empiré progressivement. Au début, j'ai pensé qu'elle faisait une dépression. Puis des choses très étranges se sont passées.

Léa n'avait pas besoin de plus d'explications. Il y avait une croix du Christ au mur, retournée à l'envers. Madame Marielle lui expliqua :

- J'ai beau la remettre droite tous les jours, elle se retourne aussitôt.

Puis Chloé sortit de sa chambre. Elle n'avait plus rien d'une petite fille de sept ans. Son visage était fermé, ridé et elle marchait comme si elle avait 80 ans. Elle déambula dans le couloir et passa devant elles sans leur prêter attention. Elle se rendit dans la cuisine pour prendre un verre d'eau et toujours sans un mot fit le chemin inverse.

- Elle ne fait que ça toute la journée. Elle va boire mais ne mange presque plus.

Puis la fillette se retourna et ses yeux dévisagèrent Léa. Elle n'avait plus d'iris, son regard était d'un noir d'ébène. Puis elle se mit à rire à gorge déployée. Ce n'était pas la voix d'une petite fille mais un son grave et paralysant. Une voix qui n'aurait pas dû se retrouver dans ce monde.

Elle se traîna jusqu'à Léa et l'agressa sans ménagement :

- Enfin, nous nous rencontrons. Alors, qu'est-ce qu'elle croit qu'elle va me faire la petite Léa ? Viens, je t'attends !

Madame Marielle était tétanisée, n'osant même plus considérer Chloé comme sa fille. Elle pleurait de désespoir et de honte.

- Allez dans votre chambre, ne sortez pas tant que je ne vous l'ai pas dit.

Léa était d'un calme olympien, ce qui rassura Madame Marielle qui n'en demandait pas tant pour s'éclipser le plus loin possible.

Léa se rendit dans le salon, ignorant Chloé. Agacée, cette dernière la suivit :

- Comment oses-tu me tourner le dos ?

- Bon, on va faire simple, soit tu choisis de laisser cette petite fille, sois je t'extirpe de là et tu risques de le sentir passer.

Chloé ou plutôt son corps se courba davantage. Elle se mit à parler en latin, toujours de sa voix grave.

- Si tu veux que l'on discute, parle-moi dans une langue que je comprenne sinon ça ne sert à rien.

Plus Léa prenait une voix apaisée et tendre, plus l'expression du visage de Chloé se déformait.

Alors la petite fille se mit en lévitation, des objets commencèrent à valser dans la pièce, et les rideaux se fermèrent.

- Rejoins-nous et tu seras libre, libre de mettre à profit tous tes dons comme bon te semble.

- J'apprécie la proposition mais sincèrement, je suis mieux là où je suis. Bon je ne suis pas là pour parler, si tu ne veux pas quitter ce corps tout seul, je vais t'aider.

Léa se concentra et fit appel aux êtres de lumière pour l'aider dans cette tâche. L'ennemi était de taille alors elle commença à songer à faire appel à l'Archange Mikaël, connu pour être le prince de tous les anges, le chef des forces du ciel, des armées célestes. En récitant son incantation pour demander de l'aide, elle sentit toute la force de l'autre monde se joindre à elle. C'était comme sentir des ailes lui pousser dans le dos et malgré la tentative de l'Ombre de l'effrayer dans un corps de fillette, elle se sentait forte, sûre d'elle, sans même douter qu'elle puisse réussir. La lumière qui l'entourait devenait plus intense.

Chloé tomba à terre et commença à se contorsionner en hurlant à pleins poumons. Elle ou plutôt ce qui s'était emparé d'elle l'insultait à chaque cri. Chloé était là, derrière, quelque part en train de supplier qu'on lui vienne en aide.

Dans un dernier soupir, comprenant qu'elle n'aurait pas le dessus, la créature la nargua :

- *Vous ne gagnerez pas. Il est déjà trop tard, ce n'est qu'une question de temps...*

Les objets cessèrent de voler et le rideau de la fenêtre se rouvrit. L'air devint plus respirable et le corps de Chloé se détendit. Son visage retrouva l'expression de la jeunesse et de l'innocence. Elle toussa et sembla ne se souvenir de rien, seulement inquiète de voir une inconnue dans le salon :

- Où est maman ?
- Elle est dans sa chambre vas-y, elle t'attend.

Chloé courut jusque dans la chambre de sa mère et Léa put entendre leurs pleurs de joie. Elle fit un tour du salon pour remettre un peu d'ordre et elle tomba sur un médaillon de bronze gravé d'un triangle et d'un cercle à l'intérieur. S'il n'avait tenu qu'à elle, elle l'aurait jeté sur le champ.

Madame Marielle venait de la rejoindre :

- Il est à vous ce médaillon ? demanda Léa.
- Non, nous l'avons trouvé en bas de l'immeuble. Chloé le trouvait amusant alors elle a voulu le garder.
- Si je puis me permettre, jetez-le, ou mieux encore, enterrez le loin de chez vous.
- Si vous pensez que c'est mieux.
- Je vous assure, c'est ce qu'il y a de mieux à faire.

Elle se fit offrir un thé et tout en continuant de discuter avec mère et fille, Léa s'employait discrètement à nettoyer les lieux pour enlever les dernières ondes négatives. Les derniers mots prononcés par la créature lui revenaient sans cesse à l'esprit. Mais ils ne parviendraient pas à lui faire peur. Non, ce n'était pas trop tard, il n'est jamais trop tard.

On était vendredi, Léa pouvait prévoir ses sorties avec ses amis et pourtant elle n'espérait qu'une chose, que Sébastien l'invitât à nouveau pour une soirée étoilée. Allait-elle craquer et l'appeler ?

Heureusement, Jen lui téléphona sans lui laisser le temps de réfléchir davantage :

- Salut ma belle, ce soir c'est entre filles. Mike à un match de foot. On se fait resto ciné ?
- Super, j'en suis. Je passe te prendre tout à l'heure, tu choisis le film.
- Ça marche, bisous.

Au moins Jen lui ferait penser à autre chose et elle arrêterait de scruter son téléphone en attendant que Sébastien prenne la peine de la contacter. Elle se sentait comme une adolescente perdue, détestant ce nœud qui lui nouait l'estomac.

Il était déjà 21h30 quand son dernier patient sortit de son bureau. Sébastien était éreinté. Il pensa même à faire réclamation auprès de Maël pour demander un peu de temps pour lui ! Pouvant enfin attraper son portable, il composa le numéro de Léa mais il sonna dans le vide. Son répondeur prit le relais. Il hésita à laisser un message, puis, finalement, il raccrocha.

De retour chez lui, il ne s'avoua pas vaincu pour autant et se décida malgré tout à envoyer un message l'invitant dès le lendemain. Il attendit une heure, le téléphone à proximité. Il s'allongea sur son lit, les yeux rivés au plafond. Toujours pas de réponse, puis la fatigue eut raison de sa patience.

Maël était à nouveau à ses côtés. Ils étaient dans la grande salle de Cristal, là où les êtres de lumières avaient pour habitude de se réunir pour tenir des Conseils.

- C'est un lieu bien solennel pour une rencontre ! s'inquiéta-t-il auprès de Maël.
- Nous sortons d'une réunion. Le voile devient de plus en plus mince. L'Ombre gagne encore du terrain. Tu es suivi de près. Sois vigilant.
- Et crois-tu que cela peut attendre que je puisse revoir Léa ? ironisa-t-il.

Maël sourit. Un sourire compatissant mais un sourire triste. Il ne le connaissait que trop bien.

- Vas-tu enfin me dire de quoi il retourne ?

Maël hésita, cela n'aiderait pas Sébastien. Mais il savait qu'il ne souviendrait pas de leur discussion, et ici, il n'y avait aucun jugement. Alors il laissa son protégé avoir accès à sa mémoire.

Sébastien apprit ainsi ce que représentait Léa pour lui, leur dernière rencontre, ce lien qui les unissait. Il se sentait rempli d'une onde d'amour et de reconnaissance pour son guide qui avait dû faire preuve d'un abandon total dans l'œuvre pour que Sébastien évolue sur son chemin de vie. Maël ne lui laissa pas plus de temps pour s'imprégner et le renvoya sur terre.

À son réveil, Sébastien trouva une réponse de Léa. Il allait enfin la revoir. Il était comme un adolescent qui obtenait un second rendez-vous. Il avait quinze ans de moins et ça faisait du bien. Où allait-il l'emmener ? Attendrait-il le soir ? Non, aujourd'hui il l'inviterait à midi. Un restaurant simple, en ville et ils flâneraient dans les jardins de L'Arc suivant leur humeur.

Léa était rentrée tard de sa soirée avec Jen. Elle n'avait pas caché sa joie en lisant le message de Sébastien et Jen en avait profité pour se moquer d'elle. Elle était impatiente de le revoir, plus qu'elle ne l'aurait voulu. Elle ne parvenait pas à se décider si elle souhaitait aller plus loin ou non, elle voulait juste le revoir. Il l'invitait à manger à l'Abri Côtier. Un restaurant qu'elle connaissait bien en ville, à quelques rues de chez elle.

Il vint la chercher à l'heure, sans même une minute de retard. Il avait cette fois ci une tenue beaucoup plus décontractée et une petite barbe naissante, ce qui le rendait encore plus séduisant. Spontanément, il lui avait pris la main et déjà ils arpentaient les rues en direction du centre. Léa était rêveuse. Finalement, c'était bien agréable de se laisser aller. Ils passèrent devant un fleuriste et tandis que le regard de Léa s'attardait sur les roses blanches, Sébastien marqua une pause. Il lui lâcha la main :
- Je reviens de suite.

Il fit quelques pas en arrière et entra dans la boutique. Une minute plus tard, il ressortait avec douze roses blanches dans les mains. Léa, émue, se mit sur la pointe des pieds et dans un élan irréfléchi déposa un timide baiser sur ses lèvres. Il n'en fallait pas plus pour encourager Sébastien. Il l'entoura de son bras libre et la pressa contre lui. Son baiser à lui n'avait rien de timide, bien au contraire, il était déterminé et plein de fougue. Léa abdiqua. Vivre le moment présent, ça devenait son crédo.

La vie de couple semblait lui sourire. Elle ne voyait plus Maël dans ses rêves. Il semblait loin. À chaque fois qu'elle se mettait à penser à lui, l'image s'effaçait, comme s'il ne souhaitait plus maintenir ce contact furtif qu'ils s'offraient parfois. Il fallait vivre son incarnation. Il fallait suivre l'ordre des choses. Depuis cinq mois idylliques, Léa et Sébastien multipliaient les rendez-vous et les nuits partagées. Il lui proposa un petit séjour en Egypte, un lieu incontournable pour des gens connectés, comme il disait. Il voulait se retrouver seul avec elle, loin de leurs obligations et de leur routine. Léa n'avait jamais voyagé, elle avait accueilli la proposition avec joie. Elle gagnait suffisamment pour pouvoir se permettre cette escapade, rien ne l'empêchait de partir. Ils prirent donc un vol long-courrier, un jeudi d'octobre, réservation faite dans un hôtel près du Caire.

Au sortir de l'aéroport, il faisait une chaleur écrasante mais le décor faisait vite oublier ce désagrément. C'était excitant et enivrant. De nouveaux paysages, une autre langue, de nouvelles odeurs, de nouveaux bruits... Tout était propice à la découverte et au bonheur des yeux et des oreilles.

Sébastien avait choisi un hôtel luxueux avec spa et piscine. Ils arrivèrent en début d'après-midi et profitèrent des premières heures pour se baigner et partager quelques moments de détente au sein du complexe.

Pour commencer leurs explorations, Sébastien avait organisé la visite du plateau de Gizeh. Léa allait enfin voir de ses propres yeux le témoignage vivant de l'histoire du monde.

Leur guide, un homme d'une cinquantaine d'années aux cheveux grisonnants et en tenue légère, les attendait en bas de l'hôtel. Il était neuf heures et Léa trépignait d'impatience sur place de prendre la route. Ils montèrent tous trois dans la Mehari qui ne datait pas d'hier.

- Ne t'inquiète pas, tu ne seras pas déçue.

Comme toujours il semblait deviner ses pensées.

Quand les pyramides Khéops, Khéphren et Mykérinos furent dans leur champ de vision, leurs visages s'illuminèrent comme des enfants voyant Disneyland pour la première fois. Il y avait beaucoup de monde mais professionnel jusqu'au bout, leur guide avait tout prévu. Pas besoin de faire la queue, ils passèrent par une autre entrée, réservée aux « Student and Scientist » et pénétrèrent rapidement dans la pyramide de Kheops.

Comment pouvait-on encore douter de l'intervention d'êtres d'une conscience supérieure pour construire un tel site ? Tout était parfait, les proportions, les positionnements, les couleurs, les angles… Une telle merveille ne pouvait laisser indifférent. Léa pouvait sentir toutes les mémoires lui révéler des scènes appartenant au passé. C'était comme revisiter un site qu'elle aurait connu plus tôt. Elle se reconnectait peu à peu à sa propre histoire. Même Sébastien ne disait mot, comme si lui aussi faisait le tri dans ses visions. Une seule salle était visible, la chambre du roi. Ils savaient tous deux que les autres salles n'avaient pas encore été trouvées et qu'il valait mieux que certaines découvertes soient encore retardées. La pièce était remplie de vibrations, de sagesse, d'histoires. Ils captaient des milliers d'années de l'Histoire de l'Homme. C'était comme recevoir une initiation à leur insu. Ils étaient entourés d'une énergie hors norme, inscrivant des codes et programmant leurs cellules. Ils ne pouvaient pas encore expliquer ou intellectualiser ce qui se passait mais tous deux semblaient survoler la réalité et ils devaient faire un effort pour suivre leur guide et garder les pieds sur terre.

Le chemin du retour fut silencieux. Chacun respectait le besoin de silence de l'autre. Ils avaient passé une étape, sans savoir laquelle mais une autre clef leur avait été donnée sans qu'ils ne s'en rendent compte. Il fallait l'accueillir et se laisser voguer sur ces vibrations. Léa était apaisée, entourée d'une énergie nouvelle et revigorante. À l'inverse, elle sentait Sébastien soucieux, comme si un intense débat faisait rage tout au fond de lui. Elle sentait qu'il était inutile de lui poser des questions et qu'il fallait le laisser méditer sur ce qu'il avait reçu.

Le lendemain, ils flânèrent au souk Khân al-Khalili. Il faisait une chaleur moite, étouffante. On criait pour négocier les prix, les stands étaient à même le sol, les effluves des épices caressaient les narines, les tuniques flottaient dans le vent et balayaient le sol… Mais aussi les femmes voilées, ne laissant pour la plupart deviner que leurs yeux.

Chaque moment passé ensemble les rapprochait un peu plus. C'était simple, limpide, sans équivoque. Léa s'étonnait de pouvoir vivre une relation aussi naturelle. Il lui arrivait encore parfois de vouloir comparer cette relation avec ce qu'elle éprouvait pour Maël. À croire qu'une de ses leçons était d'accepter les multiples facettes de l'amour, d'accepter qu'il ne se divise pas, qu'il se multiplie, à chaque fois de façon nouvelle et différente. On pouvait partager un temps le quotidien d'une personne, puis un autre cycle amenait une autre relation tant que cela était bénéfique pour les deux protagonistes. Parfois ça durait toute une vie, parfois quelques jours. Est-ce que sa relation allait durer avec Sébastien ? Comment le saurait-elle sans essayer ? Il suffisait d'être là, et de vivre ce qu'on lui offrait avec gratitude car oui, elle devait être honnête, elle était heureuse. Le monde s'effondrait autour d'elle et pourtant elle était heureuse. C'était l'une de ses missions : être heureuse. Elle comprenait maintenant ce que cela impliquait en termes de résonance et de fréquence. En étant heureuse, elle rayonnait cet état d'Être. Elle envoyait de cette énergie à la Terre, aux autres. Cela faisait partie intégrante de sa contribution pour l'ultime Jugement.

Léa proposa de finir la journée par la visite du musée National. Il comptait plus de 100 000 pièces, des années et des années de découvertes proposées aux visiteurs.

Des masques, des statuettes, des sculptures, des ustensiles... Il y avait des vestiges de toutes les époques. Léa s'arrêta devant un collier, une cordelette de cuir tenant un pendentif bleu intense. Elle ne pouvait quitter la pierre des yeux, hypnotisée par l'énergie qui s'en dégageait.

- Qu'est-ce que tu regardes ?

Léa sursauta.

- Ce pendentif, il est magnifique.

Sébastien, qui avait un bien meilleur anglais qu'elle, lui traduisit la pancarte.

- Il s'agit d'une pierre Larimar. La légende dit que c'était la pierre de l'Atlantide. Les Atlantes lui attribuaient des pouvoirs magiques et thérapeutiques. Elle était vénérée comme une divinité. Viens voir là-bas, il y a des représentations magnifiques d'Isis et Osiris.

Léa suivit Sébastien à contrecœur. Elle regretta que le musée ne soit pas une bijouterie... Elle aurait bien troqué sa dernière chemise contre un tel joyau !

Pour la suite de leur séjour, ils prirent un avion pour Abou Simbel. À quelques centaines de kilomètres du sol, Léa profitait de chaque instant avec délectation. Sébastien épiait l'horizon à travers le hublot. Le Nil s'étirait sous eux, comme un immense ruban vert qui serpentait entre les étendues infinies de sable doré. Elle contempla Sébastien du coin de l'œil. Elle se rendait compte que chaque jour qui passait le rendait encore plus beau, plus désirable. Leur connivence grandissait et plus le temps passait, plus elle se sentait en harmonie avec cet homme dont l'âme se révélait à elle, claire et forte à la fois. Elle mourait d'envie d'appeler Jen, de lui raconter tout ce qu'elle vivait, ressentait. Pour une fois que c'était elle qui pouvait raconter une belle histoire…

Sébastien la regarda à son tour. Il plongea son regard dans son décolleté et resserra son bras pour la rapprocher.

- Je suis très très chanceux, lui murmura-t-il à l'oreille.

L'hôtel que Sébastien avait réservé à Assouan était encore plus luxueux que le premier. Elle commença à croire qu'il cherchait vraiment à l'impressionner. Sur la rive du Nil, plus moderne, plus occidentalisé, il comprenait toutes les commodités et activités vous permettant de profiter d'un séjour pour se prélasser.

En fin d'après-midi, ils firent une excursion au jacuzzi qu'ils avaient réservé pour une heure. La pièce faisait une trentaine de mètres carrés et avait vue sur le petit port privé de l'Hôtel, les felouques passaient et se croisaient, leur offrant le spectacle coloré d'un autre monde. Les murs étaient couverts de faïences méditerranéennes colorées. Un cadre qui leur permettait de se sentir les mieux lotis au monde.

- C'est magnifique. J'aurai dû m'organiser des voyages comme ça depuis bien longtemps, commenta Léa.

Sébastien, entrecroisa ses doigts avec les siens et répondit :

- Ça n'aurait pas été pareil sans moi !

- Tu es bien vaniteux je trouve.

- Non, réaliste ! la taquina-t-il. Bon, redevenons sérieux une minute si tu veux, tu ne penses pas qu'il serait temps que l'on habite ensemble ? Que l'un de nous lâche son appartement ?

Léa se crispa. Cette question-là, elle ne l'avait pas anticipée. Tout se passait pour le mieux, il était tout à fait naturel que le sujet soit abordé et pourtant elle ne savait que répondre. Face au silence de la jeune femme, il reprit posément :

- Pas la peine de paniquer. Si tu n'es pas prête, on peut attendre. Ce n'est pas un problème pour moi.

- Je suis désolée, c'est juste que je n'y avais pas encore pensé. J'ai toujours vécu seule. Il faut juste que j'y réfléchisse mais je trouve ça tentant.

Elle l'embrassa chaleureusement, reconnaissante qu'il lui laisse le temps d'y penser. Puis elle l'entreprit plus avant. Tout en continuant de l'embrasser, elle fit descendre son maillot et le jeta sur le rebord :
- Et si quelqu'un entrait ? commença-t-il à s'inquiéter.
- Depuis quand tu es devenu conformiste ?

Il sourit et la déshabilla à son tour. Bercés par les remous des jets d'eau, ils entamèrent une danse marine au rythme de leur plaisir.

C'est alors qu'en plein ébats la poignée de la porte tourna et qu'une femme entra pour déposer des serviettes. Léa ne sut qui furent les plus gênés. Eux ou elle ? Pris d'un fou rire incontrôlable, ils sortirent de l'eau à la hâte, s'enroulèrent dans les serviettes et prirent la fuite comme des enfants en direction de l'ascenseur. Une fois dans la petite cabine, ils continuèrent à se caresser et à entrelacer leurs corps, impatients de remonter jusqu'au cinquième étage.
- Qui aurait cru que tu pourrais être aussi dévergondée ? lui souffla-t-il.
- Et tu n'as encore rien vu ! lui répondit-elle en souriant.

Comme s'ils étaient seuls dans l'hôtel, ils traversèrent leur couloir tout juste cachés par leurs serviettes. Ils entrèrent enfin dans leur chambre et purent s'adonner pleinement à leurs envies.

Ils atteignirent Louxor après deux jours en bateau. Deux jours où ils quittèrent à peine leur cabine…

La prochaine étape fut la Vallée des Rois et à la demande de Sébastien, ils visitèrent la sépulture de Toutankhamon. Il y avait tant de mystère sur cette période de l'Histoire que l'on se demandait si l'on connaîtrait un jour toute la vérité.

Une fois à l'intérieur, Sébastien demanda plus d'information à son guide :
- Ahmed, pouvez-vous me rappeler qui était le père de Toutankhamon ?

- Bien sûr Monsieur. C'était Akhenaton.

- On n'a encore vu nulle part une représentation de celui-ci.

- En effet, toute représentation de lui a été détruite. Il était considéré comme hérétique. On dit que Thot avait convaincu Amenhotep II de ne pas mettre son propre fils sur le trône. Il lui demanda d'attendre. Avec les maîtres ascensionnés il voulait une lignée d'êtres spirituels pour pouvoir accueillir la conscience christique. Il demanda à Aiy et Tayé, les Nefilims immortels, de donner naissance à un être pour une lignée d'Éveillés. Ils acceptèrent et Amenhotep III fit son entrée dans le monde. Il fut adopté par Amenhotep II qui l'éleva comme son fils. Amenhotep III donna naissance à son tour à Amenhotep IV... Aiy et Tayé eurent aussi une fille qui grandit avec lui, Néfertiti : « la belle est venue ». Il épousa Néfertiti. Ils étaient très amoureux et eurent 6 filles. Pharaon veut dire « ce que vous deviendrez ». Amenhotep IV voulait révolutionner le polythéisme. Il voulait enseigner la loi de Un. Un seul Dieu, omniprésent, vivant en nous tous. Plus besoin d'idoles, de clergé... Il changea de nom et devint Akhenaton : « Celui qui est bénéfique à Aton ». Il fit construire sa nouvelle capitale : la cité d'Akhetaton, l'actuelle Amarna, dans un endroit désertique à quelque 300 km au nord de Thèbes. Les cultes d'Amon et des autres dieux furent interdits. Il se fit beaucoup d'ennemis parmi le clergé car si le changement fut relativement progressif au début il devint vite brutal. On raconte qu'il fut empoisonné et enfermé dans une malle avec un scellé magique pouvant emprisonner les immortels comme lui. Son fils Toutankhaton lui succéda il rétablit le culte d'Amon et changea son nom en Toutankhamon.

Léa comprit qu'entre mythes et légendes, on lui racontait la naissance du christianisme. La première fois que quelqu'un voulait révolutionner les croyances. L'idée d'un seul Dieu. Une seule source présente en chacun de nous. Redonner aux hommes la possibilité d'être libres, de prendre conscience de leur divinité. Et encore aujourd'hui la question du Dieu unique, des cultes, était à l'origine de guerres et débats sans fins. Quand les hommes allaient-ils ouvrir leur cœur ?

Léa se demanda comment Sébastien avait trouvé Ahmed. Il était évident qu'il n'était pas un guide ordinaire, sa version de l'histoire était en dehors des cadres conventionnels. À en juger par les regards qu'ils se jetaient, Ahmed connaissait bien Sébastien et choisissait à juste titre une version adéquate de l'histoire.

Leur nouveau guide, Ahmed donc, les mena à bord de sa Mehari jusqu'à Abydos, un des plus vieux temples en ruines d'Egypte. Il devait avoir une soixantaine d'années, pensa-t-elle, et son visage cachait des mystères plus grands que ce qu'il devait accepter de raconter aux touristes. Il avait un très bon français malgré son accent très prononcé. Levés à l'aube pour l'occasion, les deux tourtereaux somnolaient tant bien que mal entre les cahots de leur véhicule, malmenés par les énormes ornières de la piste que la dextérité du chauffeur ne parvenait pas toujours à éviter.

Le corps endolori, Léa descendit la première, impressionnée par la beauté des lieux et sensible à la mémoire du site.

- Voici la ville sainte, le premier lieu voué au culte d'Osiris, commença le guide en les invitant à le suivre au milieu des décombres. La légende dit que les ancêtres Nefilims, Aiy et Tayé, avaient créé la première école des Mystères. Ils enseignèrent aux Lémuriens puis aux Atlantes. Parmi eux, survécurent deux frères et deux sœurs : Osiris et Seth, Isis et Nephtys. Isis épousa Osiris et Seth épousa Nephtys. Seth était jaloux d'Osiris et l'assassina. Il éparpilla ses membres à différents endroits sur le territoire. Nephtys et Isis retrouvèrent tous les membres, sauf le plus important ! ironisa le guide. Mais c'était sans compter sur la présence de Thot. Il créa un nouveau phallus pour Osiris, qui revint à la vie et devint immortel. L'ancienne Egypte pensait que l'énergie sexuelle, le tantrisme, permettait d'accéder à l'immortalité.

Il leur sourit à nouveau, Léa commençait à trouver ses sourires un peu déplacés. Sentant sa tension, Sébastien lui murmura :

- Certaines expériences valent peut-être la peine d'être vécues !

Léa rit sans retenue. En effet, le mystique pouvait aussi devenir distrayant.

Ils longèrent les parois du temple jusqu'à un mur ébréché. Léa en fit le tour en caressant la pierre de sa main. C'est alors qu'elle eut une étrange sensation de chaleur. Elle regarda où elle venait de passer ses doigts et elle aperçut un symbole étrange, un cercle entourant des cercles plus petits entrelacés. Le guide qui avait noté sa réaction l'éclaira :

- Ceci est une fleur de vie. Elle renferme tous les symboles anciens du monde et beaucoup s'en servent pour des travaux énergétiques. Elle régénère et son taux vibratoire est très élevé.

Léa remis sa main sur la gravure. Elle ferma les yeux. Elle sentit quelque chose la traverser, sans savoir ce que c'était. Elle se sentit coupée du monde, elle vacilla sans s'en rendre compte et Sébastien la retint avant qu'elle ne tombe de tout son long.

Elle se retrouva à l'intérieur d'une salle sous ce qui lui sembla être une des pyramides de Saqqarah. Il y avait Eloïse, cependant pas comme elle l'avait connue : elle était très jeune, belle, à la peau brunie. Mais elle savait que c'était elle. Elle aperçut d'autres femmes. Elles étaient toutes vêtues de longues tuniques ressemblant à de la soie blanche et parées de bijoux mystérieux en or. Elles étaient en cercle et se tenaient les mains. Il y avait une fleur de vie immense gravée au sol, couleur violette et au centre, il y avait une énorme boule de Lumière, un concentré d'énergies, qui semblait vivante. En y regardant de plus près, elle s'aperçut que cette Lumière était emmagasinée dans une pierre bleutée, translucide. Elles restaient ainsi connectées entre elles, comme s'il fallait servir de bouclier pour maintenir la boule de Lumière en vie. Elles étaient les Gardiennes. Les Gardiennes d'un savoir, d'une force créatrice. Elles suivaient les requêtes d'un Conseil Galactique et peu à peu déversaient de cette Lumière aux Hommes, aux Atlantes, aux Pharaons. Ce qu'ils en feraient ne leur appartenait pas. Elles devaient juste garder la Lumière en place sur Terre jusqu'à la fin de la précession.

Léa se réveilla dans la chambre d'hôtel. Elle était couchée et on l'avait débarrassée de ses vêtements. Elle était déjà en nuisette et en regardant par la fenêtre elle s'aperçut qu'il faisait nuit. Sébastien était assis près d'elle à attendre. Il s'était aussi changé et devait la veiller depuis un moment. Elle se redressa en essayant de reprendre ses esprits :
- Que s'est-il passé ?
- Tu t'es évanouie. Je pense que ce trop-plein de vibrations t'a déboussolée. Tu t'es branchée sur je ne sais quoi mais tout va bien. Le médecin est passé, tu n'as rien. Ce soir repos, j'ai demandé le service en chambre.
- Désolée, je t'ai gâché la visite.
- Pas du tout, ne t'inquiète pas. Tu veux me raconter ce que tu as vu ? Encore troublée, Léa lui confia sa vision.
- Cette pierre ressemblait étrangement à celle que nous avons vue au musée, termina-t-elle.
- Tu viens peut-être de percer l'un des mystères des connaissances Atlantes et Egyptiennes.
Il pianota sur son portable : « On dit que les Atlantes se servaient de la Larimar comme source d'énergie. Certains disent que leurs connaissances ainsi que celles des Egyptiens, dépassaient de loin notre niveau technologique. Ils tenaient leur savoir de sources encore inconnues à ce jour…
Léa se demandait si elle allait lui parler de son expérience hors du champ terrestre avec Savanah. Puis elle se ravisa. Discuter et échanger sur l'au-delà était déjà extraordinaire en soi. Elle verrait plus tard pour aborder le sujet de la vie et des enjeux des autres galaxies.

Ils avaient atterri très tard dans la soirée et un taxi les avait ramenés chez Léa. Ils revenaient non sans regrets à la vie ordinaire, la tête et le cœur remplis de souvenirs et de découvertes extraordinaires. Des vacances qu'elle aurait voulu ne jamais voir prendre fin. L'Égypte avait réveillé en elle une conscience du monde, de l'Histoire et avait sensiblement créé un nouveau lien entre elle et Sébastien.

Léa allait se lever du lit quand il la rattrapa au vol :

- Non, ce n'est pas encore l'heure.

- Sois raisonnable, on travaille tous les deux cet après-midi. Il faut se bouger.

Il la fit taire en posant un baiser langoureux sur ses lèvres. Elle céda finalement et se laissa basculer en arrière. À sa façon douce et délicate, il prit soin de chaque parcelle de son corps. Aucune contestation n'était plus possible.

- Je pense que tu as raison, il serait temps que l'on habite ensemble. Je n'ai aucune envie que tu repartes chez toi ce soir, ou demain ou même un autre jour. Je ne veux plus passer une nuit sans toi.

C'était dit. Les mots étaient sortis tous seuls, sans même y réfléchir. Elle se sentit soulagée d'avoir pu se décider. Sébastien ne cacha pas sa joie, au contraire, la nouvelle lui donna encore une excuse pour prolonger ses caresses et retarder le moment de se lever.

Maël fut appelé devant la Commission des Incarnations. Il quitta le plan des Guides pour celui qui gérait les processus de réincarnation. Il s'étonnait d'être convoqué, il y avait bien longtemps qu'il n'avait plus eu à se présenter devant ses représentants. Beaucoup d'autres âmes attendaient sereinement qu'on les appelle, et qu'on leur propose une nouvelle mission de vie, d'autres épreuves.

Le Gardien de la grande porte dorée lui fit signe de s'approcher. Discrètement, il se faufila et passa devant tout le monde. Personne ne fit montre d'aucune impatience, respectant le bon vouloir du gardien.

La salle dans laquelle il pénétra était immense. Un grand écran flottait sur la gauche, prêt à fournir des images pour étoffer les recommandations du Comité. Des murs bleutés parsemés de symboles gravés en or forçaient le respect et l'admiration. Ils permettaient à l'âme qui entrait de se mettre en harmonie avec la fréquence vibratoire des intervenants. On se sentait accueilli avec compassion et empathie, sans jugement.

Siégeant devant une grande table ovale en verre, les quatre êtres de lumière l'attendaient. Deux hommes, deux femmes. Ces êtres avaient dépassé le cycle des incarnations, ayant atteint l'illumination lors de leur dernière visite sur Terre. Maintenant, ils décidaient en accord avec l'âme en demande quelle serait sa future vie pour continuer sur la voie de l'évolution.

Maël les salua en se courbant, n'ayant toujours aucune idée de la raison de sa venue. Ce fut Eulalie qui prit la parole en premier :

- Bienvenue Maël. Nous te remercions encore pour tout ce que tu as accompli. Cependant, nous avons une requête à te présenter. Sache que comme toujours, tu es libre de refuser. Les choses s'accélèrent en bas, leurs avancées technologiques et les décisions des gouvernements continuent dans le sens de l'Ombre. Nous souhaitons renvoyer quelques Maîtres comme toi pour irradier de plus hautes fréquences. Nous avons dans l'idée de te faire intégrer le corps d'une personne qui aura de l'influence dans leur politique, un Maire en l'occurrence, qui pourra évoluer dans de plus hautes sphères.

- Attendez, je ne comprends pas. Intégrer un corps adulte vous voulez dire ?

Ce fut Nathanaël qui répondit :

- Oui. Je sais que cela paraît très difficile mais cela s'est déjà produit. Le futur corps est sain et nous préparons son âme, qui nous a donné son accord, à s'élever. Il se nomme Arthur Glade. Nous aurons une courte brèche pour que tu empruntes ce véhicule terrestre. Il faut te préparer cependant à cette opération. Nous souhaitons que tu gardes le maximum de ta mémoire en bas pour pouvoir profiter de tes capacités au mieux. Tu vas étudier la vie de cet homme, son passé, sa famille, son environnement… Une préparation indispensable pour la réussite de cet échange. Nous ne pouvons attendre que tu reprennes une incarnation depuis la naissance. Il faut agir vite, le temps nous est compté.

- Quelle mission souhaitez-vous que je remplisse ?

Eulalie sourit, comprenant qu'il avait l'intention d'accepter. Elle continua :

- Nous souhaitons qu'il y ait plus de Lumière dans les sphères politiques, que l'environnement ne soit plus un sujet mis en dernière ligne ou évité. En tant que Maire, tu pourras déjà prendre des mesures montrant l'exemple d'une nouvelle conscience. Puis tu pourras évoluer, toujours si tu le souhaites, dans des organisations politiques pour planter des graines dans les consciences. Nous t'appuierons et nous t'aiderons à y parvenir. Il faut leur faire comprendre que les modèles actuels les mèneront à leur perte. Nous devons leur montrer que le changement doit s'opérer dans tous les domaines.

Maël prit un temps de réflexion. Il repensait à Léa qu'il ne pourrait plus voir.

Joël, le deuxième être de Lumière, le plus grand et qui portait une grille dorée sur la tête, comme les bouddhas, intervint :

- Nous comprenons que cette nouvelle perspective demande réflexion mais...

- Pas du tout. Excusez-moi de vous avoir coupé la parole mais j'accepte, je me réjouis de pouvoir servir la Lumière et je suis très honoré que vous m'ayez fait cette offre.

Il fallait suivre le Plan Divin et pourtant la situation lui paraissait cocasse. Il allait finalement se retrouver physiquement sur Terre, en même temps qu'elle. Il faudrait faire confiance à son guide, pour l'aider à faire les bons choix…

- Qui me servira de Guide ? demanda-t-il.

Athon fit son entrée à ce moment-là. Maël ne cacha pas sa joie. Athon était un vieil ami avec qui il avait déjà partagé beaucoup d'incarnations. Ils avaient également collaboré ensemble à plusieurs reprises dans les plans supérieurs.

- On dirait que nous allons refaire équipe ! lui dit gaiement Athon.

- Athon sera là durant toute ta préparation, conclut Eulalie. Vous partez pour Shamballa. Dès que vous serez prêts, nous pourrons procéder à l'échange.

Sébastien fut le premier à vendre son appartement dans l'année qui suivit leur rencontre. Quelques mois plus tard, Léa tombait enceinte, il était donc temps de vendre aussi le sien et d'envisager un espace plus grand. Ils sentirent tous deux le besoin de s'éloigner de Pau et sans qu'ils n'aient besoin de disserter longuement sur le sujet, ils s'accordèrent sur le choix de La Roque-Gageac, un village à flanc de colline sur les bords de la Dordogne.

Cette partie du Périgord, proche de la vallée de la Vézère, les attirait par les énergies que dégageaient les paysages contemplés par les premiers hommes, Les Eyzies, tout près de là mais aussi les innombrables sites préhistoriques cachés au creux de la vallée de l'Homme.

Ils trouvèrent une vieille bâtisse périgourdine en retrait du village qui ne demandait qu'à être rénovée. Le terrain de 3 000 mètres carrés leur permit de faire leur premier jardin potager et d'envisager d'accueillir des chevaux. Léa découvrait peu à peu la vie à la campagne et comment s'occuper du jardin, ce qui n'était pas pour lui déplaire. Elle en venait à se demander comment elle avait pu vivre aussi longtemps dans son petit deux-pièces en centre-ville.

Elle ne pouvait plus envisager la vie citadine, cette vie-là n'était plus la sienne.

Leur maison comptait 5 chambres et une dépendance qu'ils aménagèrent pour leurs activités.

Un nouveau cap, une nouvelle vie. Quand elle repensait encore à sa façon de vivre avant son activation, c'était comme de voir un film sur grand écran, comme s'il s'agissait de la vie de quelqu'un d'autre.

Ils se firent une nouvelle clientèle très rapidement et jamais ne s'inquiétèrent du lendemain. Ils avançaient selon leur intuition, et à chaque décision, tout s'assemblait pour que tout se passe pour le mieux.

Deux ans après la naissance de Yoan, la famille s'agrandit avec l'arrivée de Lila.

Des enfants pleins de vie, souriants, sensibles… Léa avait laissé de côté son activité pour prendre le temps de s'occuper de ses enfants. Cette nouvelle organisation lui offrait l'opportunité de s'ancrer davantage et devenir mère fut une initiation plus difficile que toutes les autres. Elle devait gérer l'intendance de la maison et des enfants, Sébastien croulant sous le travail. Elle était aux prises de soucis très matériels et regrettait parfois le temps où elle était libre d'exercer son métier et d'user de son art. Elle se souvenait comme elle enviait Maggi lorsqu'elle était à Pau, finalement la vie était pleine de surprises et de retournements.

Lorsque vint l'heure d'inscrire Yoan à l'école, ils choisirent en toute logique l'école Steiner de Sarlat. Une école permettant une vision plus humaine de l'apprentissage en tenant compte de l'élève dans sa globalité, en lui permettant d'explorer tous ses potentiels sans vouloir le faire entrer dans des carcans préétablis.

Yoan et Lila, baignant dans le domaine du surnaturel avec leurs parents respectifs, purent laisser leurs dons s'éveiller sans entrave. Alors que la majorité des enfants perdaient leurs capacités de perception vers l'âge de 6-7 ans, eux pouvaient faire confiance à leurs visions, leurs ressentis.

- Maman, quand j'ai dit à la maîtresse qu'il y avait son père à côté d'elle, elle m'a dit d'arrêter de mentir et elle m'a mise au coin.

Lila avait tout juste 5 ans quand elle parla la première fois de ses visions. Léa était en train de la border pour la nuit et cette question-là, elle avait déjà dû y répondre quelques années plus tôt avec Yoan.

- Vois-tu ma puce, tout le monde n'est pas comme nous. Certains ne peuvent pas voir ce que tu vois. Je sais qu'il est parfois difficile de le comprendre mais ne t'inquiète pas, ça viendra. Quand tu vois des personnes comme le père de ta maîtresse, quand il te parle, ses lèvres ne bougent pas n'est-ce pas ?

- Oui.

- Et bien c'est un signe qui montre que certainement tu es la seule à le voir. Ça, ça fait peur à des gens comme ta maîtresse. Comme elle a eu peur, elle ne savait quoi faire alors elle t'a punie.

- Mais je n'avais pas menti !

- Non, bien sûr. Demain j'irai la voir, ne t'inquiète pas tu ne seras plus punie. Par contre la prochaine fois que tu vois des gens comme ce monsieur, parle avec eux mais ne le dis pas aux autres, viens d'abord m'en parler, ok ?

- Ok. Merci maman.

- Je t'aime ma chérie.

Léa regagna sa chambre, Sébastien était déjà au lit. Il lui sourit quand elle ferma la porte derrière elle.

- Je viens d'avoir ma première discussion au sujet des fantômes avec Lila.

- Et ce ne sera pas la dernière ! Viens, il est temps que nous discutions tous les deux.

Léa se déshabilla doucement sous le regard admirateur de Sébastien.

- Deux grossesses et tu es encore plus belle qu'avant…

- Merci, ça veut dire qu'avant... ? répondit-elle en s'immisçant sous les draps.

Sébastien la fit taire en l'embrassant et en finissant de lui retirer ses sous-vêtements. Il prit place au-dessus d'elle et quand il sentit qu'elle était prête à s'offrir à lui, il se fondit en elle. Il la désirait comme au premier jour et son amour ne faisait que croître au fil du temps. Il était en elle, il voulait se fondre en elle, toujours plus... Il trouvait leur union magique, unique et il savait qu'aucune autre femme ne pouvait lui faire vivre un tel bonheur. Alors les mots sortirent tout seuls, sans qu'il ait besoin d'y réfléchir davantage :

- Épouse-moi.

Léa cessa soudainement de soupirer de plaisir. Elle n'osait plus bouger. Se marier ? Elle savait que ce jour-là arriverait, qu'il en viendrait à vouloir l'épouser, mais elle avait refusé d'y penser. Comment lui expliquer ? S'unir à quelqu'un devant l'Éternel était une affaire très sérieuse à ses yeux. Autant elle avait appris à accepter son incarnation physique et à mettre de côté ses souvenirs de Maël, autant le mariage lui paraissait comme une réelle infidélité.

Sébastien avait espéré une réponse rapide, qui coulerait de sens, mais c'était sans compter sur le caractère de sa belle. Il ne la connaissait que trop bien et se rappelait encore de sa réaction quand il lui avait demandé d'emménager avec lui.

Il murmura :

- Prends ton temps pour y penser, moi, je serais toujours là, quoi que tu décides.

Et comme s'il voulait lui prouver tout ce qu'il ressentait, il fit monter en elle le plaisir au point qu'elle ne puisse rajouter mot.

Les enfants étaient à l'école, elle commençait à remettre à jour ses cartes de visites et à remettre de l'intention dans la reprise des soins. Il était 10 heures du matin, elle était dans son bureau et son portable la narguait devant elle. Jen devait être à son travail. Elle aurait voulu l'appeler pour se confier, lui raconter la demande en mariage... et pourtant elle ne pouvait pas non plus lui expliquer pourquoi elle hésitait. Avec qui aurait-elle pu en parler d'ailleurs ?

Jen vivait sa vie paisiblement à Pau, avec Mike et les deux garçons qu'ils avaient adoptés. Ils étaient camerounais et avaient tout juste six mois et un an quand ils étaient arrivés en France. Jen acceptait de discuter avec elle de certains sujets métaphysiques, mais

Léa ne lui avait jamais parlé de Maël. Elle ne pourrait pas comprendre. D'ailleurs, personne ne pourrait comprendre. Elle connaissait déjà la réponse de son guide. Il lui aurait fait un signe pour qu'elle se marie, pour qu'elle vive sa vie. Mais quelque part au fond de son âme une petite voix lui disait d'attendre.

Elle se leva, fit le tour du bureau et se plaça devant la fenêtre. Il y avait un peu de gelée blanche sur les allées mais l'herbe était encore bien verte et les arbres pas encore complètement dégarnis. Elle adorait cette vue. Ça la rendait toujours aussi paisible, comme si finalement rien n'avait d'importance, il fallait juste laisser le soleil se lever, puis se coucher.

Sébastien toqua à sa porte et l'entrouvrit :

- J'ai un gros nettoyage de maison, il y a de quoi faire pour deux, partante ?

Léa adorait la façon qu'il avait de rendre leur travail léger et attrayant.

- Bien sûr, je me prépare et j'arrive, je te rejoins à la voiture.

Quelle femme ne rêverait pas qu'un tel homme l'épouse ? Était-elle folle ou stupide de ne pas dire oui ?

Au-dessus du désert de Gobi, dans un halo que seuls de rares initiés pouvaient voir, flottait la splendide cité de Shamballa. Un lieu sous le signe de la beauté, accueillant les Éveillés, les Maîtres ascensionnés... Tous ceux ayant besoin d'un pont momentané entre le ciel et la Terre. Un espace d'apprentissage et de connexions, organisé en groupes de travail et de partage.

Maël préparait ses mémoires et se sentait isolé de tout ce qui pouvait se passer alentour. Tout son temps était consacré à la méditation, à l'apprentissage de la vie d'Arthur, à l'encodage de son futur ADN... Il ne savait combien de temps s'était écoulé sur Terre. Peu importait, il se sentait prêt. Il accueillait ce nouveau challenge comme l'opportunité de suivre les objectifs qu'il s'était fixés avec Léa : l'Éveil des hommes.

- Athon, je sens que je suis prêt, nous pouvons entamer le processus.
- Pas encore. Il nous reste encore une chose.
- Quoi donc ?

Athon entraina Maël dans les jardins. Ils marchèrent un moment, comme s'il cherchait ses mots.

- Nous devons bloquer ta mémoire de Léa. Nous t'envoyons dans une région hautement vibratoire mais elle s'est installée depuis peu près de ce lieu, ce qui est logique car il existe de nombreux vortex là-bas permettant de diffuser les nouvelles fréquences. Nous avons décidé qu'il serait plus sain pour toi et elle que tu n'aies pas cette mémoire de l'autre côté du voile. Tu devras te consacrer entièrement à cette mission et elle doit poursuivre son plan d'Incarnation.

Maël continua de marcher, sans montrer quelque signe de déception que ce soit. Il avait appris depuis longtemps à écarter ces émotions, à les dépasser. Mais cachée aux yeux et aux oreilles de tous, au creux d'une petite partie invisible de son cœur, s'ouvrait une déchirure que lui seul pouvait voir.

Arthur venait tout juste de fêter ses 38 ans. Maire de Sarlat depuis deux ans, un des plus beaux villages de France, il s'évertuait à faire vivre le patrimoine local et à encourager les artisans de la région. Il avait toujours vécu là, sauf pour ses études en sciences économiques : il avait dû suivre son cursus universitaire à Bordeaux. Il avait d'abord donné des cours en économie pour les centres de réinsertion et de professionnalisation puis il avait choisi de s'investir dans la vie politique locale.

Une vie millimétrée, organisée, pour pouvoir faire rentrer un maximum d'activités dans son agenda. Il avait un mental d'acier et attachait une grande importance à ce que son corps suive son rythme d'hyperactif. « Un corps sain dans un esprit sain », se répétait-il tous les jours en se levant pour se motiver à aller courir trois quarts d'heure. Végétarien, il faisait très attention à tout ce qu'il mangeait, surtout ces derniers temps, comme si la vue de la future quarantaine lui soufflait une nouvelle inspiration. Avait-il inconsciemment peur de vieillir ? De ne plus plaire ?

Il ne s'était jamais marié et sa dernière aventure datait depuis plus de six mois. Aucune femme n'avait trouvé grâce à ses yeux pour fonder une famille. Les prétendantes ne manquaient pas, mais pas une seule ne semblait partager ses convictions et son entrain pour s'engager dans la politique. On avait beau essayer de le décourager, il maintenait le cap, il ferait de Sarlat un exemple de ce que l'on peut faire avec un minimum de bon sens.

Il courait le long de la Dordogne d'un pas résolu, profitant du paysage que certains ne voyaient qu'en carte postale. Il n'y avait pas beaucoup d'habitations et les terrains étaient immenses. Ils étaient loin des soucis de voisinage et des tapages nocturnes. Il aperçut la bastide des Landri, ce qui lui donnait comme repère qu'il en était à la moitié de sa boucle. À son grand regret, la bastide qui aurait pu être un monument magnifique était laissée à l'abandon. « Quel gâchis » pensa-t-il.

Il avait encouragé les propriétaires de Sarlat à louer les logements inhabités ou à les vendre pour faire vivre et rénover le patrimoine. « Tant de gens n'avaient pas de toit sur la tête et toutes ces demeures vides qui se dégradaient… quel non-sens ! » se répétait-il. Il avait même écrit des lettres au Ministre du Logement pour suggérer une loi obligeant à vendre ou à louer tout logement inhabité depuis plus de cinq ans. On ne lui avait jamais répondu. Mais ses réunions et conférences à Sarlat avaient porté leurs fruits et le nombre de logements vides diminuait chaque année, les vieux immeubles étaient peu à peu remis en état…

Il leur montrerait que c'est possible.

Il revenait chez lui et passa par le grand portail. Il avait hérité de la maison de ses parents qui étaient décédés dans un accident de la route. Seul héritier, il avait vendu son appartement et rénové la maison de 150 mètres carrés. Il avait tout refait, de la cuisine à la salle de bain, en passant par les chambres et le garage. Tout était moderne, fonctionnel, et personne ne pouvait s'imaginer un tel décor depuis l'extérieur qui était au demeurant très champêtre. Il lui restait maintenant à s'occuper des extérieurs. Il avait dans l'idée de faire une piscine et une terrasse en bois. Plusieurs devis l'attendaient, il fallait juste prendre quelques minutes et choisir le prestataire.

Il prit une bonne douche, donna à manger à Gus, son labrador de 4 ans, et se servit un bol de muesli.

Il alluma la télé pour écouter les informations et s'assit tranquillement autour de sa table carrée en acier trempé du salon. Les journalistes communiquaient encore sur les derniers épisodes de tempêtes ; toutes les villes du Sud Est étaient sous l'eau. On déplorait 10 morts et 3 disparus. Les dégâts étaient colossaux.

« Ça devient de plus en plus fréquent » se dit-il.

8 heures, il était temps de partir. Il monta dans sa Ford Escort mais dut revenir en arrière, il avait oublié sa sacoche.

- Surveille bien la maison, demanda-t-il à Gus qui s'assit sur ses pattes arrière en le regardant partir.

Il n'y avait pas grand monde sur la route et il n'était qu'à 20 minutes de la mairie, il aurait pu arriver très rapidement mais c'était sans compter les travaux du parking qui l'obligeaient à se garer où il pouvait. Il pesta en trouvant une place qui allait l'obliger à perdre une dizaine de minutes. Marcher au milieu de la pollution ne l enchantait pas. Il faisait beau, c'était déjà ça, il ne serait pas trempé pour travailler. Plus que deux jours et il pourrait enfin se garer devant son bureau.

Il descendit de sa voiture et se dirigea vers la mairie. Il pensait déjà à tous les dossiers en cours qu'il devait clôturer et au conseil municipal de l'après-midi. Il s'engagea sur le passage piétons, toujours perdu dans ses réflexions, c'est pourquoi il ne vit pas la camionnette arriver sur sa gauche, il n'eut même pas le temps d'avoir peur ou d'avoir mal.

Arthur était toujours debout mais voyait du monde s'affairer autour de quelqu'un visiblement blessé. Il demanda à tout le monde de le laisser passer mais personne ne semblait l'écouter. Il contourna la foule et put enfin apercevoir la victime. La vue de la victime fut un choc, il fit un pas en arrière, car l'homme à terre, c'était lui. C'est alors que le temps s'accéléra, il comprit qu'il venait d'avoir un accident, qu'il s'était fait renverser et qu'il devait être : Mort. Oui, à n'en pas douter, le corps ne bougeait plus, personne le voyait, personne ne l'entendait, il était bien mort !

Les pompiers arrivèrent et commencèrent la réanimation : masque à oxygène, défibrillateur… Il leur criait de continuer de ne pas abandonner, qu'ils pouvaient y arriver. Une forme humaine lumineuse apparut à sa droite. Il n'eut aucun mouvement de recul ou de peur, il connaissait cette présence. Elle lui toucha l'épaule et il fut envahi par une sérénité telle que l'accident lui parut soudain sans aucune importance. Sa vie défila devant ses yeux, sa mémoire se réactiva. Il se souvint alors non seulement de son vécu terrestre mais aussi de ses visites hors du temps et de l'espace, l'accord qu'il avait conclu et le Plan.

Deux autres formes humaines apparurent, l'une très lumineuse, l'autre qui commençait à changer de couleurs. Il reconnut Maël et Athon. Ils s'étaient déjà rencontrés pour préparer cet évènement dans les nombreux songes qu'il avait faits ces derniers mois.

Maël et lui échangèrent un hochement de tête. Tout était bien tout était parfait. Arthur se laissa guider et emprunta le chemin du retour.

Maël regarda le corps à terre. Il savait qu'il allait avoir mal, que ce serait désagréable mais que ça en valait la peine. Il profita de ces dernières secondes pour penser à Léa. À son réveil, il ne s'en rappellerait plus. Il n'en souffrirait pas, il le savait. Il fallait juste faire le pas.

Alors il se fondit dans le corps allongé, comme s'il enfilait un nouveau costume.

Le médecin fit signe au réanimateur d'arrêter, il avait un pouls. Ils mirent le Maire sur une civière et l'ambulance prit la direction de l'hôpital. Les policiers remirent de l'ordre sur la place et le cours des choses reprit comme si de rien n'était.

Léa entrait dans la boulangerie en fouillant dans son sac. Son sac trop grand, elle pouvait y mettre trop de babioles et passait des heures à retrouver son portefeuille. Tous les jours elle se disait qu'elle devait le vider et ranger, enlever le Playmobil de Yoan, la Barbie de Lila... Et tous les jours elle reportait. Heureusement qu'il y avait du monde, ça lui laissait le temps pour quelques fouilles archéologiques dans l'univers de son sac à main. Une fois le portemonnaie « désenseveli », il ne restait plus que trois personnes devant elle. La boulangerie de Margot ne désemplissait pas du matin au soir, elle faisait l'unanimité pour le pain et les viennoiseries. Le journal trônait comme chaque matin sur son présentoir, proposant d'occuper les esprits quelques minutes pour faciliter l'attente. Léa ne lisait jamais le journal, elle trouvait que c'était du catastrophisme condensé, un moyen rapide et efficace pour entretenir la mauvaise humeur. Pourtant son regard fut attiré par le gros titre du jour. Le Maire de Sarlat avait eu un grave accident. Elle finit par prendre le journal et regarda l'article. Il avait survécu et s'en sortait avec une fracture ouverte à la jambe et plusieurs côtes cassées, un vrai miracle selon le journaliste. Elle ne connaissait pas personnellement Arthur Glade mais elle connaissait ses actions et ses orientations politiques. C'était un homme qui pouvait faire évoluer les choses, soucieux de l'environnement et du patrimoine. Elle décida d'acheter le journal, elle proposerait à Sébastien qu'ils fassent une séance de soins à distance pour aider à son rétablissement.

Il attendait devant l'hôpital, appuyé contre l'un des platanes de l'allée centrale. Le Maire n'aurait jamais dû se réveiller, mais lui il savait, il avait tout vu. Il se connecta à son Maître et l'informa de la situation :
« Ils en ont fait venir un autre. Ils renforcent leurs équipes et prennent de l'avance. »
Il sentit que l'Ombre lui demandait l'identité du nouveau venu.
« Maël. »

Il sentit l'Ombre encore plus contrariée.

« Faites tout ce que vous pouvez pour qu'il croise le chemin de Léa. »

L'homme ne comprit pas de suite pourquoi l'Ombre souhaitait faire se rencontrer les deux âmes sœurs, c'était contraire à leur dessein. Puis après réflexion il commença à percevoir le plan de son Maître. Maël ne se souvenait pas de Léa, mais Léa reconnaîtrait Maël... et la confusion serait enfin semée, tristesse, regrets... C'était une carte qui valait la peine d'être jouée et qui risquait fort de les divertir.

Maël se sentait profondément meurtri et son réveil lui rappela à quel point le corps physique pouvait être douloureux. Les médecins mirent sur le compte du choc de l'accident tous les propos incohérents et les divagations du patient. Au troisième jour, il sembla reprendre ses esprits et se rappeler de son identité.

Son enveloppe corporelle lui semblait petite, très petite. Il dut apprendre à se familiariser avec cette enveloppe en quelques jours et remettre ses souvenirs en place. Il savait faire la part des choses entre les souvenirs appartenant à Arthur et les siens. Pourtant, il avait aussi la sensation d'avoir perdu énormément. C'était comme si ses connaissances étaient limitées alors que la veille il avait une pleine conscience des choses de la vie. Il avait oublié à quel point le Voile était contraignant et frustrant !

Il devait rester hospitalisé encore 2 mois selon la recommandation des médecins et l'on venait enfin d'autoriser les visites. Amis et collègues se succédèrent dans sa chambre et il dut apprivoiser ce nouveau mode de communication ; parler de tout et de rien, remercier pour les fleurs qui faneraient deux jours plus tard... bref se plier aux règles de la bienséance.

« Ça va être long » se dit-il.

Quand il était seul, il profitait du silence pour se magnétiser lui-même et demander de l'aide à Athon. Sa convalescence fut plus rapide que ce qu'on lui avait annoncé. Tous s'accordaient à dire qu'il se remettait de façon remarquable de ses blessures et la perplexité du corps médical l'amusait profondément.

« Si vous saviez !!! » aurait-il voulu leur répondre. Mais ce n'était ni l'heure ni l'endroit. Il n'était pas venu pour ça.

Quand il put poser un pied au sol et faire quelques pas, il se dirigea en claudiquant dans la petite salle d'eau. Il se positionna devant le miroir au-dessus de l'évier et contempla son reflet. Il y avait encore la trace d'une ecchymose sur sa pommette droite et il avait été rasé de près par les infirmières. Il était châtain, cheveux très courts, des yeux marron clair et la peau qui semblait prendre régulièrement le soleil. Il regarda sous son peignoir ; il était athlétique, un corps idéal pour se remettre d'un tel accident. Il se trouva attirant, ce qui se confirmait par les sourires gênés des aides-soignantes qui venaient s'occuper de lui.

Il se dirigea ensuite vers la fenêtre et scruta le parc de l'hôpital. Les couleurs étaient plus ternes avec des yeux terrestres, il faudrait là aussi s'en accommoder.

Julie, l'infirmière qui s'occupait de lui depuis son arrivée, entra pour lui distribuer ses cachets. Comme d'habitude elle fit le tour de la chambre et vérifia la température du climatiseur. Elle remit de l'eau dans les plantes qu'on lui avait offertes et déplaça les chocolats sur sa table de nuit pour qu'il n'ait pas à se lever. Il se demanda si elle montrait autant d'attention aux autres patients. Était-ce dû à son statut de Maire ou à l'effet qu'il avait sur elle ?

- Vous êtes adorable. Encore merci pour toutes vos attentions.
- De rien Monsieur.
- Appelez-moi Arthur s'il vous plaît.

Maël avait dit ces mots sans réfléchir, cela lui paraissait normal et spontané. Il n'aurait jamais pensé que cela pouvait porter à confusion.

- Très bien, alors appelez-moi Julie.

Sans gêne, elle glissa un petit papier sous la boite de chocolats et ressortit de la chambre en prenant soin de le laisser admirer son déhanché.

Il savait qu'elle venait de laisser son numéro de téléphone et cela l'amusa. « Je ne suis pas vraiment venu pour ça non plus… » ironisait-il pour lui-même.

Un mois et demi plus tard, il put rentrer chez lui. Un chauffeur était passé le prendre et l'avait déposé devant son portail. Sa voiture était garée dehors et on avait pris soin de nourrir son chien. Il se douta que c'était l'œuvre de Lucile, son assistante. Une quinquagénaire dévouée qui lui avait rendu visite tous les jours à l'hôpital. Elle s'était chargée de toutes les démarches et de toutes ses affaires en son absence. Il devrait s'atteler à lui trouver un cadeau de remerciements digne de ce nom.

Gus aboya fortement en le voyant. Bien évidemment, il savait qu'il n'était pas son maître. Il se laissa pourtant approcher et Maël s'accroupit à sa hauteur. Le chien le regardait attentif, comme s'il demandait : « Alors, tu m'expliques ? »

Maël prit une voix douce et réconfortante :

- Je suis désolé pour ton maître mon pépère. Maintenant, c'est moi qui vais m'occuper de toi, et toi qui va me soutenir. On va former une belle équipe, tu verras.

Gus sentit l'aura lumineuse de Maël et comprit instantanément le message. Il lui lécha la main et se dirigea vers l'entrée en remuant la queue, comme pour dire « Je vais te faire visiter les lieux ».

Maël se sentit très vite à son aise, tout était très bien soigné, de bon goût et plus que parfait pour sa future vie.

Mais à peine fut-il arrivé pour prendre connaissance des lieux que son portable sonna. Le numéro n'était apparemment pas reconnu. Il décrocha, curieux.

- Bonjour Arthur, c'est Julie. Bien arrivé ?
- Oui merci.

- Je voulais savoir, maintenant que vous êtes sorti, vous accepteriez de prendre un café avec moi ? »

Julie n'avait eu de cesse de tenter une approche avec lui. Il avait prétexté que l'environnement de l'hôpital n'y était pas propice et que peut-être, sorti de là, il y réfléchirait. Il voulait juste gagner du temps et n'envisageait pas qu'elle l'appellerait si vite.

Il n'avait aucune envie de la vexer et finit par accepter l'invitation.

Sa première journée de reprise n'en finissait plus. Même si ses collaborateurs avaient tenté de combler son absence, des monticules de dossiers croulaient sous son bureau. Il ne voyait même plus l'écran de son ordinateur. Lucile lui prêta main forte et commença par lui faire signer les formulaires les plus urgents. Toute la mémoire d'Arthur lui revenait. C'était nouveau pour lui mais très instructif. Il commençait à percevoir les caractères de chacun, leurs attentes, leurs objectifs. Arthur avait su s'entourer d'une équipe de quinze personnes honnêtes et dévouées à leurs devoirs. C'était un plaisir de travailler dans de telles conditions. Les notions de droit lui faisaient défaut mais Julian, le responsable du service juridique, se montrait toujours patient et pédagogue avec lui. Un peu enrobé, d'une quarantaine d'années, Julian était un avocat libéral qui était aussi conseiller municipal. Il passait presque la moitié de son temps à la Mairie. Il avait à cœur la vie de sa ville et de défendre les intérêts des habitants. Marié avec trois enfants, c'était un homme chaleureux qui multipliait les invitations à dîner à Arthur, soucieux que celui-ci ne reste pas seul après son accident.

Deux semaines plus tard, Lucile allait repartir pour rentrer chez elle. Elle ramassa un dernier dossier sur son bureau et de son air toujours aussi sérieux lui adressa quelques mots :
- Nous sommes bien contents que vous soyez parmi nous. Ce qui est étrange, c'est que, depuis, vous avez changé. Vous étiez déjà un homme remarquable, mais vous êtes encore plus radieux et positif. Votre engouement pour les projets se déverse sur tout le monde et

vous ne vous plaignez jamais malgré ce qui vous est arrivé. Vous êtes une leçon de vie à vous tout seul monsieur Glade.

Maël hocha la tête en guise de remerciements mais déjà son téléphone le prévint d'un message. Lucile, respectant son intimité, le laissa seul pour répondre.

C'était Julie. Il l'avait complètement oubliée. Elle lui donnait le lieu de leur rendez-vous. Ils devaient finalement se voir à 21 heures pour boire un verre dans un bar du centre. Il ne pouvait plus refuser. Il prit ses affaires et retourna chez lui pour se changer. Il était déjà 20 heures et devait se hâter.

Il ne savait que choisir dans la multitude de vêtements du dressing, mais n'en avait cure. Un jean et un polo vert semblèrent lui suffirent et il reprit la route pour la ville, sous le regard moqueur de Gus.

- Surtout aucun commentaire cher Gus, lui lança-t-il.

Julie avait pris soin de se mettre sur son trente et un et arborait une robe très aguichante et un maquillage soulignant ses traits fins. Elle avait la trentaine, elle était brune et élancée. Certainement une femme très prisée par la gent masculine mais elle ne faisait pas naître en lui les étincelles qui font rêver.

Elle lui raconta sa vie, son enfance heureuse avec ses trois frères et son diplôme d'infirmière qu'elle obtint à 22 ans, ce qui était très jeune pour exercer. Elle avait commandé un martini et lui il avait pris une bière. Elle avait paru surprise et pourtant il ne s'était pas attardé sur son choix. Tandis qu'elle lui racontait ses premières années à l'hôpital, il sentit qu'elle tentait un nouveau contact : son pied commençait innocemment à lui frôler les jambes en petits mouvements de va et vient. Il comprit de suite ce qu'elle tentait de faire mais au lieu de la repousser, il sentit que son corps prenait le dessus et que lui, il appréciait ce petit jeu. Il était Maël, certes, mais dans un corps humain, un corps d'homme, avec tout ce qui va avec… Il se sentit comme un adolescent qui découvre des pulsions physiques qu'il n'avait pas encore domptées et une bouffée de chaleur qui lui fit finir sa bière d'un trait. Il fut soulagé que la table soit assez haute pour cacher sa gêne qui montait. On avait oublié de le préparer à cet aspect-là…

Des images plus ou moins avouables lui venaient à l'esprit, Julie suscitant un nouvel intérêt. Il était grand, adulte, et il n'était pas interdit d'expérimenter autre chose. Il savait que les rapports entre homme et femme sans sentiments ni conscience partagée lui paraîtraient bien différents de ce qu'il connaissait mais son corps physique réclamait quelque chose qu'il pouvait lui offrir, et c'était très tentant. C'est donc pour le plus grand bonheur de Julie qu'il lui proposa avant de se quitter :
- Vous voulez prendre un dernier verre chez moi ?
Elle ne cacha pas son enthousiasme et le suivit avec sa voiture.

Maël était mitigé. Il savait qu'il ne ressortirait rien de cette aventure mais ne pouvait se résoudre à rentrer seul. Il ne savait pas encore comment il allait s'y prendre mais il avait décidé que pour ce soir, il laisserait faire les choses, sans réfléchir au lendemain.

Il n'eut pas besoin de respecter les bienséances plus longtemps car une fois la porte fermée, elle se jeta sur lui pour l'embrasser goulument. Maël savait qu'elle attendait ce moment depuis des semaines et répondit à ses ardeurs. Avait-il le contrôle des événements ? Certainement plus. Il laissa Julie lui faire découvrir son propre corps, sa virilité, le plaisir qu'il pouvait éprouver. Il avait chaud, très chaud, et pour leur première fois, il s'abandonna à tout ce qu'elle désirait faire de lui. Après des ébats qui durèrent toute la nuit dans les différentes pièces de la maison, Maël put difficilement trouver le sommeil. Il tentait de s'accorder avec son corps mais l'équilibre était loin d'être atteint. Ne tenant plus en place, il se leva. Il était 6 h 30, il avait encore du temps devant lui. Il décida d'écrire un mot sur la table de la cuisine pour la prévenir et il partit courir comme le faisait Arthur. Il devait encore alterner marche et course, pour ne pas raviver les douleurs, mais déjà il sentait que son corps était presque entièrement rétabli.

Il commençait déjà à regretter de s'être abandonné à une pulsion très terrestre et qui pouvait en plus blesser une autre personne mais il devait se l'avouer, cette nuit avait été très agréable. Même sans sentiments, sans connaître l'autre, il avait éprouvé un plaisir certain. Il comprenait comment les vices pouvaient rapidement dégénérer. Il se promit cependant que ce serait la dernière fois. Cela ne correspondait en rien à ce qu'il était au fond. Il y avait encore quelques ajustements à faire. Pour l'instant, il fallait gérer Julie. Comment lui dire qu'il ne voulait pas qu'il y ait un lendemain à cette aventure ?

C'est en ruminant ses pensées qu'il revint chez lui. Il n'y avait aucun bruit. Était-elle réveillée ? Il revint dans sa cuisine, son mot était toujours là sauf qu'une réponse y faisait suite.

« Merci pour cette nuit fantastique. Malheureusement, je pense que nous n'avons pas l'un et l'autre ce qu'il faut pour entamer une vraie relation. Vous êtes un homme très surprenant, je vous souhaite de belles choses dans vos projets. Julie »

À croire que l'on voulait vraiment lui faciliter la tâche. Ses inquiétudes balayées, il reprit gaiment le cours de sa nouvelle vie.

Le nouveau conseil municipal se mettait en place. Les fascicules étaient imprimés pour chacun des membres, les bouteilles d'eau, les verres, les collations… Tout était parfait. Maël avait revêtu un nouveau costume cravate et était impatient de présenter ses nouveaux projets.

Une fois les quinze collaborateurs installés, il prit la parole :
- Merci à tous d'être présents. Je vous remercie pour le travail abattu cette année et je vais vous présenter mes nouvelles propositions. Nous pourrons en débattre et nous voterons à la fin ce qui sera retenu. Premièrement, je souhaite parler de la vieille Commanderie. Je souhaite la réhabiliter pour faire une nouvelle salle communale pour les activités associatives. Nous en avions discuté, il ne reste plus qu'à voter le budget. Ensuite, je souhaite agrandir les jardins partagés et que la commune achète les 1500 m² de terrain à monsieur Calvin. J'ai déjà négocié le prix avec lui. Troisièmement, je souhaite que l'un de vous se charge de se rapprocher de l'agence pour l'emploi. J'ai

pour projet de proposer à des demandeurs d'emplois dans le secteur du bâtiment un logement en échange de travaux de rénovation. Nous allons réhabiliter les trois immeubles acquis cette année. Il faut rédiger le cahier des charges et trouver des moyens de contrôles pour que le futur occupant fasse les travaux sous peine de sanctions. Il est temps de trouver des solutions à l'assistanat. Nous allons les remettre dans le bain. Ils feront des travaux pour la mairie et quand ils retrouveront un emploi ils seront libérés de leurs engagements. Il faut prospecter plombiers, électriciens et maçons. Nous devons aussi organiser un plan d'aide pour les accompagner dans leurs démarches. Il en va de même pour le recrutement d'un jardinier qui devra gérer les nouveaux jardins potagers. Privilégions les chômeurs de longue durée. Je souhaite aussi mettre en place une subvention de la mairie pour tout agriculteur qui souhaite faire une exploitation biologique. Il faut les accompagner dans les démarches. Pendant deux ans, les places sur les marchés seront gratuites pour ces producteurs.

- Excusez-moi monsieur, ce sont de très bonnes idées, mais comment comptez-vous financer tout ça ? Nous ne pouvons augmenter les impôts locaux.

Genna était la trésorière et déjà elle ne voyait pas comment remanier les budgets.

- Le projet de la voirie de l'avenue Clémenceau est reporté à cinq ans.

Un brouhaha remua la salle, Maël savait que l'entreprise qui était chargée du projet serait furieuse mais il avait fait son enquête, son carnet de commande était plein et ce report ne lui porterait pas préjudice.

- La saison estivale approche. Nous allons multiplier les fêtes votives et nous ferons appel à des bénévoles pour pouvoir tenir des stands. Les bénéfices iront à la mairie. Si nous nous y mettons tous, ça peut marcher.

Maël savait que la partie serait dure à jouer. En parlant, il s'adressait aussi aux guides de chacun des participants. Il fallait qu'ils l'aident à apaiser les peurs et les doutes, à leur faire accepter le changement. Il suffisait de faire entrer un peu de lumière dans leurs esprits pour qu'ils émettent l'intention que ça marche…

Les questions se succédèrent et Maël avait toujours une solution à mettre en place, l'inspiration coulant à flot depuis là-haut. Cinq heures plus tard, ils quittaient la salle.

Julian s'attarda et attendit qu'il ne reste plus personne pour parler seul à seul avec le Maire :

- Tu ne vas pas te faire que des amis en continuant comme ça. Je ne dis pas ici, car tout le monde te suivrait les yeux fermés. Mais quand la Région va connaître ton plan d'action… Ils vont essayer de tout bloquer. Roger Metayer va te voler dans les plumes.

- Qu'il essaie, ça me permettra de me confronter à lui. De toute façon, je vise son poste, alors autant que les gens sachent que je propose une alternative à ce fainéant qui se prélasse dans son palais d'argent.

Julian connaissait les intentions de Maël et lui avait assuré son soutien. Mais il n'avait que peu d'espoir qu'un Maire qui devenait écologiste soit élu président de la Région. Aucun Écologiste n'avait réussi nulle part ailleurs à devenir Maire… Alors devenir Président de la Région !

Léa alla chercher le courrier, il était déjà midi et elle venait de terminer son dernier rendez-vous. Il pleuvait abondamment, ce qui n'était pas pour lui déplaire car cela faisait 10 jours que les températures avoisinaient les 30 degrés sans eau. Elle protégea les lettres sous sa robe et courut se remettre à l'abri. Elle posa le courrier sur la console de l'entrée et alla vite allumer le four pour faire réchauffer la quiche préparée la veille. Sébastien n'avait pas encore fini. Elle mit la table tranquillement, prépara la salade puis alla reprendre les lettres déposées. Elle feuilleta le tas en attendant qu'il la rejoigne. Entre les factures et les lettres de remerciements, elle trouva un dépliant de la mairie de Sarlat.

Arthur Glade expliquait les nouveaux projets de la commune. Bien qu'ils soient à 10 km de là, on les informait des projets en cours. Léa fut agréablement surprise qu'un Maire tente enfin de faire changer les habitudes. Il faisait appel à des bénévoles pour récolter des fonds et mener à bien les projets. Elle savait déjà à quoi elle allait occuper son été. Il était évident qu'elle participerait au mouvement.

L'homme en noir remonta dans sa voiture. Elle avait bien eu le tract de Sarlat. Se douterait-elle qu'elle était la seule à l'avoir reçu ? Finalement, peu importait. Il fallait juste qu'elle l'ait entre les mains, le reste se ferait tout seul. Il arbora un sourire satisfait et quitta les lieux.

- Monsieur Glade ?
- Oui en personne.
- Je me présente, Ilina Fair, je suis responsable en communication spécialisée en politique. J'ai entendu dire que vous étiez candidat pour la Présidence de la Région.
    Maël parut agacé, comment l'avait-elle appris ? Peu importait, Lucile lui avait passé l'appel, elle avait dû estimer que ce serait intéressant. Il était déjà 18h30, il ne voulait pas perdre plus de temps mais il était curieux :
- Ça se pourrait oui.
- Je vous suis depuis quelque temps. Je suis de Périgueux et vos initiatives sont admirables. J'aimerais que nous ayons un Maire tel que vous.
    À part lui passer de la pommade, que voulait-elle ? se demanda-t-il.
- Venez en au fait je vous prie.
Il commençait à s'impatienter.
- Je souhaite m'occuper de votre campagne. Je souhaite proposer ma candidature pour vous représenter.
    Maël pris quelques secondes de réflexion. Ce ne devait pas être un hasard.

- Très bien. Je peux vous recevoir jeudi prochain, 10 heures, et nous en reparlerons.
- Vous ne le regretterez pas Monsieur. Je vous remercie, bonne journée.

Léa prépara les enfants pour qu'ils aillent se coucher. Il était déjà 20 heures, elle était en retard.
- Tu es sûre que tu veux faire ça ? Tu vas être épuisée à la fin de la saison.
Sébastien n'était pas enchanté à l'idée de passer de nombreuses soirées sans Léa à la maison. Elle courait dans tous les sens dans sa chambre à la recherche de ses chaussures.
- Je me suis portée volontaire pour les marchés nocturnes pour pouvoir quand même être avec vous la journée. Et tu sais que ce sont des projets qui me tiennent à cœur.
Sébastien souleva une serviette et y trouva ses chaussures qu'il lui tendit :
- Je sais et c'est aussi pour ça que je t'aime tant.
Léa prit les chaussures et l'embrassa pour le remercier.
- Ne m'attends pas, tu dormiras quand je rentrerai.
Sébastien n'était plus habitué au silence. Les enfants dormaient, Léa était partie. Mieux valait tirer profit de la situation. Il troqua sa tenue pour un jogging, se prépara un plateau repas et se dit que finalement regarder un match de foot sans être dérangé pouvait avoir des avantages.

Léa mit du temps à se garer et courut en direction du stand qu'elle devait tenir. Les rues étaient magiques les soirs d'été, les pierres des murs éclairées d'or, les musiques médiévales, les touristes souriants heureux d'oublier leur travail… D'ordinaire Léa évitait les foules et se sentait vite mal à son aise. Mais l'ambiance festive de la fête de Sarlat dégageait une toute autre énergie. C'était comme prendre un bain de sourires.

À la tête qu'elle faisait, Léa comprit que Marjolaine commençait à s'impatienter de la relève. Elle lui glissa tout juste deux mots et lui passa très vite les spatules. Léa se confondit en excuses pour le retard et lui promit qu'elle viendrait plus tôt le lendemain pour compenser. On leur avait prêté deux crêpières pour la saison et depuis déjà deux soirs qu'elles animaient le stand, les recettes dépassaient de loin leurs attentes.

Ce soir-là, le Maire devait passer à chaque stand pour remercier les bénévoles et faire parler des estivales. C'est vers 22 heures qu'elle s'aperçut qu'un attroupement se formait à quelques mètres. Le stand précédent le sien vendait des churros et elle crut apercevoir le Maire serrant la main du responsable. Elle sentit que ses joues allaient rosir et se concentra pour réguler sa respiration. C'était une chose de tenir un stand, une autre que d'avoir des photographes et de serrer la main du Maire qui commençait à faire beaucoup de bruit.

Maël passa au stand suivant. Des crêpes, c'était tentant mais il n'était pas là pour une dégustation. La jeune femme qui tenait le stand portait un jean et un t-shirt violet près du corps. Elle avait les cheveux châtains relevés et était très légèrement maquillée. Sans apprêt superficiel, elle était naturellement belle, dégageant une sérénité et une féminité troublantes. Perdu dans sa contemplation, il oublia un instant que les journalistes le suivaient. Il se reprit :
- Bonsoir, toute l'équipe vous remercie pour votre soutien mademoiselle.

Léa ne releva pas le « mademoiselle ». Elle n'en eut même pas l'idée. Elle avait les yeux perdus dans cet inconnu qui intriguait ses sens. Il était charmant, charismatique, mais il avait autre chose de plus qu'elle n'arrivait pas à définir.
- De rien, c'est normal. Nous avons enfin quelqu'un de sensé et qui souhaite réellement faire avancer les choses.

Maël sentit qu'il serait indécent de rester plus longtemps. Il lui serra la main et continua sur sa lancée.

Léa le regarda partir, elle n'entendit pas qu'une petite fille lui demandait une crêpe au chocolat. C'est sa mère qui dut hausser le ton pour la ramener à la réalité.

Ilina arriva en avance. Elle avait pris soin de bien repasser son tailleur et avait mis des pansements dans ses chaussures à talon de torture. Lucile lui avait proposé un café en attendant mais elle en avait déjà bu trois.

Le Maire sortit enfin de son bureau et vint l'accueillir lui-même. Chose rare, pensa-t-elle. Il était très élégant et très bel homme. Il fallait vraiment qu'elle réussisse à le convaincre de l'embaucher.

Il lui fit signe de s'asseoir et l'invita à se présenter :

- Encore merci Monsieur de me recevoir. Voici mon CV, je vous l'avais déjà envoyé par mail.

Elle lui tendit la feuille en attendant sa réaction.

- Oui je l'ai bien reçu, école des sciences politiques, 32 ans, des lettres de recommandations... Ce n'est pas ce qui m'intéresse. Parlez-moi de vous. Comment vivez-vous ? Quand on vous parle environnement, énergies renouvelables, qu'est-ce que ça vous évoque ?

La jeune femme parut surprise par ses questions mais ne se laissa pas déstabiliser, c'était déjà un bon point. Alors qu'elle tentait de mettre de l'ordre dans son argumentation, il remarqua qu'elle était plutôt agréable à regarder. Tandis qu'elle énumérait ses convictions, Maël cherchait à voir son aura, ses couleurs. Il avait gardé certaines capacités et celle-ci lui avait bien rendu service depuis son arrivée. Elle semblait honnête, sincère et sans noirceur. Plus elle parlait, plus il se sentait convaincu qu'il pouvait lui faire confiance.

Elle n'avait pas encore fini sa phrase qu'il la coupa dans son élan.

- C'est bon, pas besoin d'aller plus loin, vous êtes embauchée. Voyez avec Lucile pour les détails. La campagne commence dans deux mois. Vous, vous commencez demain. Vous avez une semaine pour me proposer des tracts avec un programme. Réunion demain soir à 17 heures pour que vous puissiez me poser toutes vos questions.

Ilina semblait abasourdie. Elle commençait demain. C'était incroyable. Il avait l'air déterminé et autoritaire mais dans le bon sens du terme. Elle allait prendre beaucoup de plaisir à travailler pour un homme comme lui.

Léa ne revit pas le Maire durant tout l'été. Elle était pourtant intriguée et se demandait si elle n'avait pas reconnu un autre être comme elle, en sommeil, non activé. Aurait-elle l'occasion d'en savoir plus ?

- Maman, Yoan ne veut pas me prêter sa voiture.
- Yoan, si tu ne joues pas calmement avec ta sœur, pas de manège cet après-midi ! cria –t-elle vers les chambres.
- Cet après-midi c'est moi qui les y amène.

Sébastien s'assit à son tour sur le canapé et lui tendit une enveloppe. Que pouvait-il bien lui cacher ?

Elle déchira l'ouverture et sortit un petit carton coloré. Il s'agissait de deux heures de massage offertes au centre de balnéothérapie.

- Mais ce n'est pas encore mon anniversaire.
- Pas besoin d'anniversaire pour te faire plaisir. Profite de ton après-midi, je m'occupe des enfants.

Le plus parfait des hommes, pensa-t-elle. Il ne lui avait pas reposé la question du mariage mais elle sentait bien qu'il espérait chaque jour une réponse. Mais elle-même ne savait pas quand elle pourrait se décider.

Une fois installée sur la table de massage, elle profita de ce demi-sommeil pour méditer. Elle aurait tellement voulu communiquer avec Maël, lui demander conseil, savoir si elle devait se marier… Mais il ne répondait plus, elle n'avait plus aucun contact avec lui. Où pouvait-il bien être ?

Les tracts d'Ilina étaient prêts et validés par Maël. Le soir, il l'invita elle et Lucile à dîner pour fêter le début de leur collaboration. Il l'emmena dans un petit restaurant de cuisine traditionnelle, sans prétention. Lucile avait annulé et ils se retrouvaient seuls en tête à tête.

- Levons nos verres à une aventure humaine qui débute.

Il leva son verre de champagne et elle le suivit. Il vit sous son coude une rougeur et ne put s'empêcher de la questionner :

- Vous vous êtes fait mal ?
- Non, je fais de l'eczéma quand je suis stressée, ce n'est rien.
- Je vous ai tant malmenée que ça ? demanda-t-il en souriant.
- Non, bien sûr que non, mais j'avais à cœur de répondre à vos attentes.

Elle était sincère, il le sentait, vraiment dévouée à sa cause et partageant ses convictions. Il commençait à se sentir attiré par la jeune femme. Ils passaient beaucoup de temps ensemble et plus il apprenait à la connaître, plus il appréciait sa présence. Il ne s'était pas rendu compte qu'il la fixait sans rien dire. Elle prit la carte du menu, gênée mais également flattée de voir qu'elle pouvait être regardée autrement qu'une simple employée.

Se sentant à l'aise pour continuer il reprit :

- Votre compagnon ne m'en veut pas trop d'avoir empiété sur vos soirées ces dernières semaines ?
- Mon chat vous voulez dire ? Non, il s'en accommode.

Elle était donc célibataire et bien qu'il crût avoir été discret, elle avait tout à fait compris le sens de sa question.

Ils dégustèrent ensemble un repas copieux et restèrent à discuter jusqu'à la fermeture. Une fois sur le pas de la porte ni l'un ni l'autre ne savait comment prendre congé. Il avança pour lui serrer la main mais répondant à tous les signes qu'il avait eus durant la soirée, il tira son bras vers lui de façon à la rapprocher. Il posa ses lèvres sur les siennes, constatant non sans plaisir qu'elle se laissait faire.

D'abord hésitante, elle finit par répondre à son élan, ravie de la tournure que prenaient les choses.

Sébastien tendit le tract à Léa.
- Tiens, ton Maire préféré se présente aux Régionales.
Léa prit connaissance du prospectus. C'était un dépliant complet, mais qui n'attirait pas l'œil. Il y avait trop de textes et c'était peu engageant pour qui ne connaissait pas le sujet. Sébastien partit faire quelques courses. Elle en profita pour se mettre devant son ordinateur et rédiger un mail à l'attention du Maire :
« Bonjour, j'ai reçu votre tract pour les régionales. Je voulais juste souligner qu'il n'était pas très engageant pour qui ne vous connaissait pas. Trop de textes, trop de détails, il devient fastidieux de le lire entièrement. Si je puis me permettre, il me semble que les points les plus importants qui devraient sauter aux yeux sont... »
Elle marqua une pause. Elle reprit le tract et essaya de trier les idées les plus importantes. Cherchant à faire le tri dans ses pensées, le souvenir de sa rencontre avec Savanah lui revint à l'esprit. Puis plus loin encore une cité magnifique, se fondant dans la nature. Elle sut sans hésiter qu'il s'agissait de l'Atlantide, au sommet de sa gloire et à la pointe de l'harmonie avec la nature humaine et la Terre. Elle n'avait plus qu'à piocher dans ce qu'ils pouvaient adapter à leur époque :
« ...soutenir l'agriculture bio et locale, imposer les produits polluants et nocifs, développer les énergies renouvelables, ce qui créerait des emplois, légiférer sur les conditions animales, raccourcir les délais de décisions de justice, pénaliser les délinquants mineurs par des travaux d'intérêts généraux, accompagner la réinsertion dans le circuit scolaire, améliorer la qualité des logements pour tous, revaloriser les produits de première nécessité, prendre en charge certaines médecines douces, mettre en place l'étiquetage écologique, promouvoir l'éco construction, développer les classes vertes.»

Elle ne savait plus si toutes ces idées étaient dans le tract ou si elle en avait rajouté. Peu importait, elle voulait laisser la liste telle quelle.

« Les projets ne doivent pas être entièrement développés sur votre tract, c'est trop long à lire pour quelqu'un qui trouvera le dépliant dans sa boite aux lettres. Il faut juste susciter l'attention pour qu'ils se rendent sur votre site et participer aux débats.

J'ai tenu un stand cet été pour votre mairie, je faisais des crêpes et j'ai eu l'honneur de vous serrer la main. Si je puis être utile en quoi que ce soit pour votre campagne comme la distribution de tracts, j'en serais enchantée. »

Elle signa de son nom. Elle hésita quelques secondes. C'était un peu osé comme démarche mais elle sentait qu'elle devait écrire ce qu'elle pensait. De toute façon, sa secrétaire lirait le mail, peut-être qu'elle ne le lui ferait jamais lire. Elle appuya sur « envoyer ». Elle verrait bien par la suite.

Comme chaque matin, Ilina commença par ouvrir ses mails. Lucile lui avait transféré un mail ainsi qu'à Arthur. Elle fut irritée de lire que l'on remettait son tract en question, comme si elle devait tout changer. Elle était furieuse que Lucile l'ait adressé aussi à Arthur mais ne lui dirait rien. Elle savait que Lucile avait l'ancienneté et qu'elle, elle devait encore faire ses preuves. Elle espérait seulement qu'Arthur n'ouvrirait pas ses mails.

Maël avait peu dormi. Il avait encore passé la nuit chez Ilina. Ils s'organisaient pour arriver en décalé le matin, ne voulant aucunement éveiller les soupçons. Il lui avait demandé d'attendre avant que l'on apprenne leur relation et elle avait acquiescé, comprenant les enjeux.

Sa boîte mail débordait et pourtant c'est un mail de Léa Knott qui l'interpella. Elle critiquait ouvertement son tract mais son mail était très constructif et donnait un avis objectif sur la façon dont les citoyens recevraient le prospectus. Quand il lut la fin du mail, il se souvint instantanément de la jeune femme aux crêpes. Ce ne pouvait être un hasard.

Il prit son téléphone, il voulait discuter directement avec elle.

Le téléphone de Léa sonna, il était 9h30 et son prochain rendez-vous n'était que dans une demi-heure. Elle referma son livre et répondit :

- Oui bonjour.

- Bonjour mademoiselle Knott, Arthur Glade à l'appareil. Je vous appelle suite à votre mail. Je vous remercie pour vos remarques et je vois que vous êtes prête à vous investir. Nous faisons une réunion après demain, à 17 heures, souhaiteriez-vous vous joindre à l'équipe ?

- J'en serai ravie. Je dois voir avec mon compagnon pour qu'il puisse garder les enfants et je vous confirme ma présence par mail tout à l'heure.

Maël ne comprit pas pourquoi il fut agacé d'entendre qu'elle était mère de famille et en couple. C'était déplacé comme sensation et inutile.

- Très bien. J'espère que vous pourrez vous libérer. Bonne journée Madame.

Elle sentit qu'il avait insisté sur le « Madame ». C'était à peine perceptible mais elle l'avait bien perçu. Maintenant, il fallait négocier avec Sébastien. Elle savait qu'il lui dirait oui, mais qu'il ne verrait pas d'un bon œil sa démarche.

Maël entama des recherches sur Léa Knott. Il était curieux de savoir ce que faisait cette femme dans la vie. Il fut très surpris d'apprendre qu'elle était médium et thérapeute. C'était tout simplement du pain béni pour l'aider dans sa campagne. Quelqu'un comme elle serait de bons conseils et il pourrait même avoir des échanges avec elle qu'il ne pourrait avoir avec les autres.

Il composa le poste d'Ilina :

- Ilina, je suppose que tu as pris connaissance de tes mails.

- Oui bien entendu, je sais déjà à quoi tu fais illusion.

- Bien. J'ai proposé à cette femme de se joindre à nous après-demain.

Il sentit un malaise dans le silence qui suivit. Il continua :

- Ne t'inquiète pas, tes tracts étaient très bien, prends juste ses idées pour les améliorer. Tu fais du super boulot, ne te remets pas en question. On mange toujours ensemble ce midi ?

Ilina rassurée, elle se détendit :

- Oui, j'ai tout préparé on peut manger ici.

- Super, à tout à l'heure.

Ils avaient pris l'habitude de manger sur place quand les bureaux étaient vides, profitant des lieux pour des têtes à têtes à la fois professionnels et intimes.

- Je vais commencer à croire que tu veux vraiment faire de la politique, répondit Sébastien.

- Non, pas vraiment, mais je me sens attirée par ce projet. J'ai envie de participer.

- De toute façon tu sais que je vais dire oui, tu dois suivre ton instinct. Tu peux compter sur moi. Mais ça va te coûter très cher.

Il commença à l'embrasser dans le cou et à passer sa main droite sous sa jupe.

Elle frémît en essayant de se contrôler :

- Arrête les enfants sont à côté.

- Ils jouent, ne t'inquiète pas.

- Attends, viens.

Léa lui fit signe de le suivre. Elle le mena dans la buanderie qui jouxtait la cuisine de façon à ne pas avoir à passer devant les enfants.

- Je vais te remercier à ma manière, reprit-elle en souriant.

Elle lui ôta sa chemise tandis qu'il la caressait tendrement. Il la souleva comme il aurait soulevé une plume et la posa sur la machine à laver. Leur excitation montait au rythme de leur respiration et comme deux adolescents se cachant aux yeux du monde, ils profitèrent d'un moment d'intimité.

Léa était impressionnée, une vingtaine de personnes au moins était regroupée dans la salle de réunion de la mairie. Tous attendaient le Maire. On leur servit à boire et de quoi grignoter. Léa reconnut quelques plateaux de surgelés et ils avaient des gobelets en plastique. En effet, la Mairie faisait des économies.

Il y avait des agriculteurs, des notaires, des enseignants… Tout un panel de la commune prêt à se regrouper pour des intérêts communs. Léa n'avait aucune envie d'expliquer son métier, elle n'avait pas l'intention d'engager des débats métaphysiques ce soir, alors elle posait sans cesse des questions pour que ce soit les autres qui parlent. Le silence se fit naturellement quand Arthur Glade entra, Ilina sur ses talons. Léa ne put s'empêcher de se sentir troublée. Il avait vraiment quelque chose de spécial. Pourquoi l'impressionnait-il autant ?

Il fit un discours de bienvenue et présenta Ilina comme la Responsable en Communication et de la Campagne. On leur distribua de nouveaux tracts. Quelle ne fut pas sa surprise quand elle vit qu'ils avaient tout modifié en tenant compte de ses remarques. Elle se sentait très flattée.

Il remit des paquets de tracts à chacun et leur proposa d'organiser des conférences pour présenter ses idées. Léa pensa qu'elle pouvait très bien en parler à tous ses clients ! L'idée l'enthousiasmait déjà.

Arthur prit soin de discuter avec chacun d'eux, Ilina toujours à côté. Léa comprit rapidement que ces deux-là partageaient plus que leur vie professionnelle. Malgré elle, une once de jalousie la parcourut. À quoi bon ?

Quand Arthur vint la saluer, elle perçut qu'Ilina était irritée par sa présence. Elle avança sa main vers le Maire mais quand celui-ci l'attrapa, elle sentit qu'un vertige commençait à tourbillonner dans sa tête. Il la regardait droit dans les yeux.

« Oh non, pas maintenant, » se dit-elle. « Ce n'est pas le moment pour une vision ou un malaise devant tout le monde. » Et pourtant, c'était inévitable. Elle tourna de l'œil et sans que personne ne puisse rien y faire, elle s'évanouit dans les bras d'Arthur.

Elle était dans la brume. Mais derrière ce brouillard épais il était là. Elle l'appelait, elle criait son nom, mais il ne l'entendait pas. Pourquoi Maël ne l'entendait pas ?

La salle était vide quand elle reprit ses esprits. Elle était vide ou était-elle dans une autre salle ? À bien y regarder, elle était dans une autre salle. Arthur revenait vers elle, un verre d'eau à la main. Il avait demandé à Ilina de continuer la réunion sans lui, ce qui l'avait rendue furieuse car elle ne comprenait pas pourquoi cette femme était plus importante que la réunion.
- Vous vous sentez mieux ?
Non, elle ne se sentait pas mieux. Comment Maël pouvait-il se retrouver dans ce corps ? Et pourquoi ne la reconnaissait-il pas ?
- Oui merci, répondit elle en prenant le verre d'eau.
- Ça vous arrive souvent ?
- Ça dépend du contexte.
- Nous avons prévenu votre compagnon. Il est allé demander à votre voisine de garder les enfants et il arrive. »
Maël sentait que l'atmosphère devenait lourde. Il se passait quelque chose qu'il ne comprenait pas et elle non plus apparemment. Il se sentait attiré par elle mais elle était en couple et il était avec Ilina. Pourquoi est-ce qu'elle l'intriguait à ce point ?
Il la raccompagna jusqu'à la porte, sans être décidé à lui ouvrir. Il savait que s'il ressortait maintenant ils n'auraient plus jamais l'occasion de se retrouver seuls et de savoir pourquoi il y avait ce trouble.
Alors il fit une chose à l'encontre de tout principe, s'attendant à recevoir une gifle, un refus. Il referma la porte qu'il venait d'entrouvrir et enlaça Léa pour la rapprocher de lui. Elle n'émit

aucune résistance, comme si elle aussi attendait qu'il prenne les devants. Il l'embrassa fougueusement, comme si tout son être avait attendu ce moment depuis des années. Il désirait cette femme, profondément, intimement, sans pouvoir se raisonner.

Léa ne pouvait plus réfléchir, elle l'avait reconnu, plus rien autour n'avait de consistance réelle. Il l'embrassait, se rappelait-il enfin ?

La tête de Maël se mit à bourdonner et un éclair de lumière passa devant ses yeux. Se pouvait-il que ce soit réel ? Tous ses souvenirs de Léa refirent surface, le plongeant dans un état second. Tout en l'embrassant, des larmes de joie coulèrent de ses joues comme des siennes. Ils ne pouvaient se soumettre à l'idée de briser ce moment magique, hors du temps. Après de longues minutes collés l'un à l'autre, Maël se résigna à s'écarter :
- Je ne comprends pas. Ça ne devait pas se passer comme ça, on n'aurait jamais dû se retrouver ici.
- Qu'est-ce que tu fais ici ? Comment as-tu pu intégrer ce corps ? le questionna-t-elle.

Ils s'assirent l'un en face de l'autre et Maël lui raconta son parcours, sa mission et son adaptation dans cette incarnation. Tous deux commençaient déjà à se demander comment ils allaient pouvoir envisager la suite.
- Ce n'est pas ce qui était prévu, tu comprends ?
Léa comprenait mais malgré ce, comment reprendre le cours de sa vie comme si rien ne s'était passé ?
- Je ne peux pas quitter Sébastien et les enfants. Ils n'y sont pour rien dans tout ça et je ne pourrais pas me pardonner de leur faire du mal.
- Je comprends. Et moi je dois continuer dans ma voie. Ils m'aident là-haut pour me faire une place dans le gouvernement, je ne peux pas renoncer.

Léa savait très bien que les deux chemins ne pouvaient se faire ensemble. Elle ne comprenait pas comment ils avaient pu en arriver là, comment là-haut ils avaient pu permettre ça ? Ou si c'était écrit, les mettaient-ils à l'épreuve ?

- On ne doit plus se revoir. Je ne participerai pas à ta campagne. Je vais rentrer chez moi et reprendre le cours de ma vie.

Maël savait que c'était la meilleure chose à faire et tant qu'ils se sentaient encore assez déterminés pour se dire au revoir, il fallait faire vite. Ils s'embrassèrent une dernière fois, leur corps réclamant plus, beaucoup plus. Léa pleura à nouveau de douleur. Il jeta un coup d'œil dans le couloir pour vérifier que personne n'était là. Il ouvrit la porte en grand et la fit sortir par une issue de secours à l'arrière du bâtiment.

Il la regarda s'enfoncer dans la nuit.

« Athon, ce n'est vraiment pas drôle, c'est une épreuve que je n'ai jamais choisie de vivre, » ragea-t-il.

Athon se sentait désemparé. Il était peiné pour les deux âmes en souffrance. Il avait pourtant essayé de faire que cet instant n'arrive jamais mais l'homme en noir avait été plus malin. Cet instant avait pu avoir lieu parce qu'au fin fond de leur conscience, ils avaient laissé faire l'Ombre. Il devrait en parler avec la Commission, il fallait choisir comment les accompagner pour vivre avec ça.

Sébastien était en train de se garer quand elle arriva sur le parking. Elle essuya frénétiquement des joues pour qu'il ne remarque pas ses pleurs.

Il baissa la vitre de la voiture :

- Désolée que l'on t'ait dérangé. Je vais mieux, c'était juste un petit malaise. Je récupère ma voiture, on se suit.

Sébastien ne posa pas de question. Il se douta que quelque chose avait perturbé sa belle mais comme toujours il respecterait ce qu'elle voudrait lui confier ou non.

Léa dut faire un effort considérable pour ne plus verser de larmes. Elle aurait voulu se retrouver seule, hors de tout, faire le point, réfléchir. Mais il y avait les enfants, Sébastien. Elle devait tenir bon.

Une fois la voiture parquée, elle prit une bonne inspiration. Il fallait continuer comme avant, oublier ces quelques minutes avec Maël.

La campagne d'Arthur Glade fut un réel succès. Les sondages l'estimaient gagnant à 62% des votes. Ilina avait définitivement emménagé chez Arthur. Malgré les distances qu'il avait prises après la première réunion de la campagne, ils avaient renoué grâce à leur entente professionnelle. Elle se doutait bien que sans cette élection, il n'aurait jamais envisagé une relation sérieuse. Cela lui convenait, éprise aveuglément d'un homme qu'elle admirait et qui lui faisait se sentir spéciale.

Léa avait expliqué à Sébastien qu'elle renonçait à participer à la campagne. Trop de monde, trop à gérer avec la maison. Il se doutait qu'il s'agissait d'excuses pour une autre raison mais il se contenta de ce qu'elle décidait de lui dire.
Ils étaient au lit, elle lisait et lui regardait les informations. Il monta le son quand on en vint à parler des élections régionales. Arthur Glade était l'invité d'un débat en direct avec son concurrent.
- Il passe bien à la télé ton idole, se moqua-t-il.
Léa baissa son livre quelques secondes. Ce fut comme si dans ses veines un liquide glacial se déversait. Il parlait très bien et défendait ses idées sans se laisser démonter. Sur un ton tout aussi léger elle répondit :
- Pas mal pour un petit Maire de campagne !!! (Il y eu un zoom en arrière-plan sur Ilina.) Elle est avec lui, renchérit-elle, comme si les commérages pouvaient chasser les larmes qui montaient. Allez, il faut que je dorme et tu devrais faire de même.
Elle posa son livre et s'enfouit sous les couvertures.

Ilina était levée depuis déjà une heure. C'était le troisième test urinaire qu'elle faisait. Elle n'en croyait pas ses yeux. Allait-il se réjouir, être fâché ? Certes elle lui avait caché qu'elle ne prenait plus la pilule, mais il se montrait si gentil, si attentionné, qu'elle s'était persuadé qu'il se réjouirait de la nouvelle. Et puis c'était une raison de plus pour ne pas rompre avec elle après les élections ! Elle avait toujours ce nœud au ventre, une petite voix qui lui disait qu'il ne l'aimait pas comme elle l'aimait. Elle voulait faire taire définitivement cette voix. Elle devenait une de ces femmes qui vivait dans l'ombre de son mari, acariâtre, prête à tout pour le garder pour elle seule. Elle était à l'image de tout ce qu'elle avait critiqué il y a quelques années et pourtant elle ne pouvait se résoudre à faire autrement.

Elle se pomponna et fit un brin de toilette. Elle changea sa nuisette pour une autre plus sexy, il fallait le mettre en condition. Il dormait encore quand elle se glissa contre lui et elle commença à l'embrasser. Il se réveilla doucement.

- Ça, c'est un réveil en douceur, murmura-t-il en souriant.
- J'ai quelque chose à te dire.
- Ça ne peut pas attendre ? murmura-t-il en l'embrassant.
- Non.

Elle était sérieuse. Il arrêta ses caresses et se montra attentif.

- Je t'écoute.
- Je suis enceinte.

La bombe était posée. La réaction qui suivie était à l'opposé du scénario qu'elle s'était imaginé. Il se leva d'un bond et enfila son t-shirt. Il avait l'air furieux.

- Et quand est-ce que tu comptais me dire que tu voulais un enfant ? Ou que tu essayais d'en faire un sans que je le sache ?
- Tu veux dire que tu ne voulais pas d'enfant, ou pas d'enfant avec moi ?
- Arrête avec ça.

Il enfila un pantalon et chercha ses chaussures.

- Tu comptes fuir où comme ça ? l'apostropha-t-elle.
- Je ne fuis pas, t'inquiète pas, la chaîne que tu vas me mettre sera bien solide. Je vais juste faire un tour, je dois digérer.

Et il sortit sans rajouter un mot. Ilina était sous le coup de la déception mais en toute honnêteté, elle aurait dû s'attendre à ce genre de réaction. Elle savait qu'il ne la quitterait pas, il avait une certaine éthique et laisser sa compagne, responsable de la campagne, enceinte... Non, il ne la quitterait pas, et ça, ça lui suffisait.

Maël était fou de rage. Comment ne l'avait-il pas senti venir ? Comment ne s'en était-il pas douté ? Il courut jusque dans les bois voisins où il aimait se promener pour être seul et méditer. Est-ce que c'était une étape de plus, quelque chose d'utile pour lui ou pour Ilina ? Fallait-il accepter les choses telles qu'elles se présentaient ? Tout devenait confus, difficile. Il avait mis tant d'efforts à essayer d'écarter Léa de ses pensées qu'il en avait oublié de porter attention à Ilina. Il était responsable de la situation, oui, il avait sa part dans la tournure des évènements, c'était ça le vrai problème.

Arthur Glade fut élu président de la Région avec 75 % des voix. Un record sans précédent pour le parti écologiste qu'il avait définitivement adopté. Il se rappelait encore ces instants devant l'écran géant, attendant les chiffres. Puis son nom était sorti vainqueur. Sans qu'il ne s'en rende compte il avait cherché Léa des yeux pour partager ce flot d'émotions. Mais elle n'était pas là. Elle menait sa vie.

Les interviews s'étaient succédées et il fallait maintenant penser à organiser une réception pour fêter sa victoire et remercier tous les militants.

Ilina était enceinte de 6 mois mais s'activait toujours autant pour lui. Elle était en plein préparatifs de la réception. Elle était sur le point de finaliser la liste des invités quand elle se dit qu'il manquait pourtant quelqu'un, elle en était sûre. Ah oui, cette femme qui lui avait valu de refaire tous les premiers tracts. Elle allait lui montrer que sans elle, ils avaient formé une bonne équipe et que son travail avait porté ses fruits. Elle rechercha dans les archives de sa boîte mail et finit par retrouver ses coordonnées. Elle prépara une invitation pour deux personnes. Elle se réjouissait à l'idée qu'elle la verrait enceinte. C'était mesquin, infondé, mais elle avait toujours en mémoire la façon dont Arthur l'avait regardée. Elle pourrait ainsi montrer qu'elle avait eu grâce aux yeux du Maire et qu'elle aussi était digne d'attention.

L'invitation était en écriture dorée. Elle l'aurait bien jetée mais Sébastien l'avait déjà vue. Il se faisait une joie de l'accompagner à une soirée, sans les enfants. Elle aurait voulu montrer autant d'enthousiasme mais elle était pétrifiée. Se retrouver dans la même pièce que Maël et Sébastien s'annonçait étrange et même dangereux.

Deux semaines plus tard, 19 heures. On sonnait à la porte.
- J'y vais, cria Léa en quittant la cuisine.
Elle ouvrit la porte à ses beaux-parents et les enfants se jetèrent à leur cou.
- Vous êtes toute en beauté ma jolie. Profitez bien de cette soirée, c'est un honneur.
Robert, le père de Sébastien, était ce que l'on pouvait appeler un Ours en peluche apprivoisé. Tendre, empathique, il l'avait toujours bien accueillie. Josiane fut plus compliquée à convaincre. Elle lui en voulait encore d'avoir quitté Pau. Depuis qu'ils étaient à la retraite, ils avaient finalement suivi leur fils pour habiter à 15 km de là, ce qui était bien pratique pour les enfants.
Sébastien les rejoignit dans le salon, bataillant avec sa cravate. Léa vint à sa rescousse et l'aida à faire son nœud.
- Tu es magnifique, murmura-t-il juste pour elle.
Elle lui sourit, flattée comme toujours par les compliments de Sébastien. Elle portait la robe qu'il lui avait offerte deux ans plus tôt. Une robe longue, blanche avec une fleur brodée sur le flanc gauche et un dos nu en forme de v. La robe idéale pour un cocktail mondain et pour le plaisir des yeux de Sébastien.

- Vous allez être en retard, foncez.

Josiane les mit dehors.

- Tout est dans le four, vous n'avez qu'à réchauffer.
- Tu es irrécupérable ma fille. Je sais comment faire, ne t'en fais pas, profitez et n'hésitez pas, si vous buvez trop dormez dans un hôtel sur place. Nous on reste dormir là de toute façon.
- Encore merci, lança Léa.

Sébastien était sur son trente et un, c'était seulement la troisième fois qu'elle le voyait en costume et en toute objectivité, ils étaient très bien assortis. Elle ne réussit cependant pas à engager la conversation, trop préoccupée à l'idée de revoir Maël.

- Tu as l'air nerveuse, commença Sébastien.
- Tu sais comme ça me réussit la foule !
- Je serai là si tu t'évanouis, et je pourrai profiter de toi quand tu auras perdu connaissance.

Il parvint à la faire rire. Il la faisait toujours rire.

Le domaine Verchant était magnifique. Une demeure immense aux pierres grisées. Des écuries, une cave privée… Un cadre parfait pour une réception qui marquerait les esprits à coup sûr. Ils garèrent la voiture sur le parking qu'on leur indiqua. Gentleman jusqu'au bout, Sébastien vint lui ouvrir la porte en lui baisant la main.

- Tu es ma princesse ce soir.

Allait-elle pouvoir profiter de ce moment sans lui faire défaut ? Peut-être que s'ils évitaient Maël toute la soirée…

Arthur Glade était sollicité de toutes parts, ne sachant où donner de la tête. Ilina était partie lui chercher un verre et déjà il sentait que la soirée serait longue et fastidieuse. Faux sourires, faux semblants, il y avait plus de gens intéressés par ce qu'ils pourraient négocier que par le succès des idées défendues. Mais il fallait faire avec et jouer le jeu pour atteindre ses objectifs. Il devait se montrer aussi rusé que ceux qui défendaient l'autre côté.

Son regard fut attiré par l'entrée, comme s'il savait que quelqu'un d'important allait entrer. Alors elle apparut, toujours aussi radieuse. Il sentit son cœur prêt à défier les lois de la pesanteur. Elle était resplendissante, la définition même de la beauté et de la féminité. Il en oubliait qu'on lui adressait la parole. Qui avait pu l'inviter ? C'était incongru. Mais à bien y réfléchir, une seule personne pouvait avoir eu cette idée-là. Il ne faisait aucun doute qu'Ilina était derrière tout ça.

Ilina revenait vers Arthur. Elle se demanda quel était l'objet de sa contemplation. Alors elle suivit son regard. Léa Knott faisait son entrée, une entrée remarquée apparemment. Comment une simple mère de famille pouvait autant susciter l'attention. Et pourquoi avait-elle des airs de starlette de bas étage ? À l'instant où elle la vit, elle regretta son invitation. Comment avait-elle pu être aussi stupide ? Elle pensait la narguer avec son beau ventre, mais maintenant elle se sentait ridicule.
- Ferme la bouche avant que l'on ne te remarque, souffla-t-elle comme une pique à Arthur.
Celui-ci reprit ses esprits et fit répéter au député maire de Périgueux sa question.

Léa et Sébastien se dirigèrent vers le buffet grandiose où les fontaines de champagne tenaient en équilibre. Il y avait des verrines plus colorées les unes que les autres à perte de vue, des compositions avec des légumes crus… Un panel de créativité culinaire à faire rosir les plus gourmands. Le traiteur Germain était réputé et après dégustation, ils comprirent pourquoi. C'était non seulement visuellement parfait, mais aussi excellent en bouche.
- C'est magnifique. Si l'on n'est pas obligé de parler à tous ces gens on devrait passer une bonne soirée. Je vais nous chercher de quoi boire, attends-moi là, lui proposa Sébastien.

Profitant qu'elle soit seule, Arthur vint la saluer. Elle semblait tout aussi gênée que lui.

- C'est Ilina qui t'a invitée, je suis désolé de t'imposer ça.

- Ce n'est pas grave. Je suis contente de voir que tu as réussi, félicitations, pour les élections, et pour le reste.

Arthur comprit qu'elle faisait allusion au bébé.

- Finalement, malgré avoir été préparé à revenir ici, il y a bien des choses qui m'ont échappé.

Léa perçut que l'enfant n'était pas attendu et qu'Ilina lui avait joué un mauvais tour.

- Elle n'est pas là pour rien, je suppose qu'elle a joué un grand rôle dans ta réussite.

Léa devait se faire violence pour prendre du recul face à la situation.

« Tu es très en beauté, tu es toujours aussi belle. »

Ses lèvres n'avaient pas bougé. Léa avait pourtant entendu. Avaient-ils la possibilité de communiquer comme avant ?

Sébastien arriva en donnant une coupe à Léa.

- Monsieur Glade, voici mon compagnon, Sébastien Agathe.

Maël comprit qu'ils ne s'étaient pas mariés et en fut soulagé. Sébastien lui tendait la main mais il marqua une seconde d'hésitation. Il avait été son guide, son contact le plus proche avec l'autre côté, il l'avait accompagné pendant des années. S'il ravivait sa mémoire, ce pourrait être très gênant pour tous les trois. Mais Sébastien ne lui laissa pas le choix et lui empoigna la main. Comme il le craignait, le contact fut très violent. Sébastien qui se laissait moins déborder par ses visions que Léa ne tourna pas de l'œil. L'expression de son visage le trahit pourtant, il ne faisait aucun doute que Sébastien venait de le reconnaître.

Arthur fit mine de vouloir leur faire visiter les lieux et pour éviter toute démonstration en public, il les conduisit dans une pièce à l'étage.

Le manoir était meublé d'époque : de grands fauteuils de velours rouge, une coiffeuse, une console et un bureau d'apothicaire.

Une ambiance royale et pleine d'Histoire. Maël prit soin de refermer la porte pour que l'on n'entende pas leur conversation.

Sébastien devenait nerveux, et n'y tenant plus, il laissa exploser sa colère :

- C'est quoi ce bazar, comment t'es-tu retrouvé là ? Je suis heureux de te revoir, mais excuse-moi, je viens de prendre conscience que l'âme sœur de la femme que j'aime plus que ma vie est là, en face de moi !

Maël lui fit signe de se calmer et lui raconta toute l'histoire.

- Ce n'est pas normal ce qui se passe là.

Sébastien était en proie à un débat intérieur qui avait du mal à laisser place à la raison. Lui qui avait toujours le mot pour dédramatiser les situations, semblait dépassé par tout ce qu'il apprenait.

Léa tremblait. Assise dans l'un des fauteuils, elle aurait donné n'importe quoi pour ne pas vivre cette situation.

- On se calme, il y a toujours une solution à tout.

Maël semblait le plus calme et il sentait qu'il fallait prendre des décisions rapidement. Léa fuyait son regard, perdue dans ses émotions.

- On va reprendre calmement. C'est vrai, tout ça n'aurait jamais dû se produire. Je ne sais pas pourquoi ni comment mais il va falloir se montrer au-dessus de tout ça, tous les trois. Vous avez votre chemin à faire tous les deux et je ne suis pas là pour m'immiscer dans votre vie. Continuez sur cette voie, c'est ce qui est prévu. Moi je dois mener une carrière politique, je serais bientôt loin de vous, de cette ville, je vais être papa et je vais moi aussi mener la vie qu'ils m'ont proposée. J'ai accepté cette vie-là. Je m'y tiendrai.

Sébastien prit conscience de l'Amour que Maël pouvait leur porter en parlant ainsi. Aucun d'eux ne jugeait l'autre, ils s'aimaient au-delà des considérations terrestres et il fallait préserver cet état d'esprit.

Sébastien alla prendre Léa dans ses bras. Il voulait la réconforter, revenir quelques instants plus tôt, ne pas serrer la main d'Arthur. Il comprenait pourquoi elle n'avait plus voulu participer à la campagne. Elle avait choisi de rester avec lui et les enfants. C'était là aussi une preuve d'amour, de respect.

Maël regardait Sébastien réconforter Léa, un pincement au cœur. Il pensa qu'il était temps de les laisser. Ils quitteraient la réception et assurément, il ne les reverrait plus.

L'homme en noir avait réussi à se glisser parmi les serveurs. Tout en remplissant les verres, il pouvait admirer le spectacle. Il se délectait de la scène. Tristesse, confusion, remords... C'était sa dégustation à lui, sa petite cuisine personnelle, et il en était très fier.

Sébastien réserva un hôtel deux kilomètres plus loin et ils quittèrent les lieux discrètement.

Ils ne disaient pas un mot. Sébastien s'assit sur le fauteuil accolé au lit, Léa regardait par la fenêtre. Sébastien s'était imaginé une soirée romantique, une escapade amoureuse mais les derniers moments vécus avaient anéanti tout espoir que la vie puisse continuer comme avant.

Léa tremblait encore. Il la regardait en se demandant à quoi elle pouvait bien penser. Après tout, ils étaient tous les trois en proie à leurs émotions, partagés entre l'amour et la déception. Il se leva et vint se placer derrière elle. Il l'enlaça doucement, attendant de voir si elle le repoussait. Mais au contraire, elle vint s'appuyer contre lui et laissa sa tête reposer sur son épaule.

- On fera comme tu veux, lui murmura-t-il en déposant un baiser sur sa joue.

- Je veux que l'on reprenne le cours de notre vie. Demain on va rentrer à la maison, on reprendra là où on s'est arrêté. On va s'occuper des enfants, continuer ce que l'on a choisi comme vie.

Sa voix n'était ni triste ni enthousiaste. C'était une voix répondant à un automatisme, à ce qu'il fallait dire.

Elle ferma les rideaux et se retourna. Elle le prit par la main et lui fit signe de s'allonger avec elle sur le lit. Encore vêtus de leurs tenues de soirée, ils restèrent ainsi toute la nuit, espérant en vain que le sommeil les gagne et leur donne un peu de répit.

Léa réussit à somnoler quelques minutes à l'aube mais le réveil fut aussi brutal. Non, elle n'avait pas rêvé, Maël était bien là, à quelques kilomètres, et Sébastien le savait. Elle se leva courbaturée et se prépara un bain chaud. Il fallait juste continuer.

Ilina avait bien sentit que Maël n'était pas dans son état normal. Il avait survolé toutes les discussions de la veille, répondant la moitié du temps à côté. L'ambiance festive et le champagne à volonté auront certainement pu donner le change à son attitude. Il s'était couché sans même l'attendre. Était-il si malheureux avec elle ? Elle préparait son petit déjeuner et tout en caressant son ventre elle se sentit coupable pour la première fois. N'avait-elle pas été égoïste dans cette histoire ? Elle commençait à sentir des remords l'envahir, mais il était trop tard pour faire machine arrière. Elle l'aimait et elle désirait cet enfant plus que tout. « Il finira bien par y trouver son compte… » pensa-t-elle.

Deux ans plus tard Maël préparait déjà les présidentielles. Il s'était joint à Armand Telier, président du plus grand parti écologiste du pays. Il le soutenait et le suivait dans toute la France pour les débats et conférences. Il mettait toute son énergie dans cette campagne, car pour lui, c'était la seule issue possible pour l'avenir.

L'accouchement d'Ilina avait été un pur moment de bonheur et leur fils Jonathan était une vraie force de la nature. Il avait accueilli cette nouvelle âme en lui promettant d'être toujours là pour lui. Ilina quant à elle avait déchanté dans son rôle de mère. Elle ne pouvait plus suivre Maël comme elle le voulait et se sentait plus seule que jamais. Finies les soirées mondaines à se pavaner au bras de la personnalité montante, finis les têtes à têtes où elle avait l'exclusivité. Croyait-elle qu'un enfant aurait pu créer un lien qui n'avait jamais existé entre eux auparavant ?

Ilina était une jeune femme sympathique en soi mais Maël ne pouvait forcer ses sentiments. Il aimait son fils plus que tout au monde mais sa vie de couple était un échec. Il était conscient que ses absences répétées n'arrangeaient pas les choses et comprenait qu'Ilina ait cherché ailleurs ce qu'il ne pouvait lui offrir. Elle pensait certainement qu'il ne se doutait de rien, mais c'était sans connaître le véritable Maël.

Il avait laissé les choses ainsi en partant pour Bordeaux. Il savait que l'amant ne tarderait pas à prendre sa place et finalement, peu lui importait. Il lui souhaitait finalement qu'elle trouve un homme capable de l'aimer en retour. Mais serait-elle prête à abandonner son statut social pour aller vivre avec un autre ? C'était à elle de faire le point et il lui laissait plus de temps qu'il n'en fallait pour ça.

Léa était en chemin pour aller chercher les enfants à l'école. Il faisait doux mais on sentait que la fraîcheur de l'hiver pointait son nez. Elle longeait l'allée de platanes, son chemin de prédilection même si c'était le plus long. Il était si calme, si tranquille. Elle contemplait les champs à gauche, à droite, tout était si beau, si parfait. Puis tout à coup, la lumière du soleil changea et se mua en bleu. Elle regarda vers le ciel, le visage inondé de cette lumière bleutée. Elle avait la sensation qu'une trompette surgissait de là-haut et qu'une sirène assourdissante hurlait. C'était l'alarme, le signal.

Elle se retourna, derrière elle tout était soudainement devenu champ de ruines. Plusieurs décors se superposaient, des milliers de gens tentaient de fuir les tornades, les feux, les tempêtes. Elle leur criait de se mettre à l'abri sous terre, mais personne ne l'entendait. Elle vit comme des vaisseaux qui descendaient du ciel. Certains étaient immenses, très sombres et peu rassurants. D'autres petites navettes, comme des bus volants, venaient récupérer quelques survivants pour leur faire regagner les étoiles…

Puis tout s'arrêta, tout redevint normal. Elle marchait sur le chemin de l'école, le soleil bien à sa place. Des visions catastrophiques, elle en avait l'habitude, mais en rêve, jamais éveillée. Elle se dépêcha de récupérer ses enfants qui semblaient plus énervés qu'à leur habitude. Lila râlait pour un rien et Yoan s'amusait à la faire crier le plus fort possible.

Une fois rentrés, elle leur dit d'aller jouer chacun dans leur chambre et qu'elle viendrait les chercher plus tard pour le bain.

Elle traversa le couloir à vive allure et en oublia de frapper à la porte en entrant dans le bureau de Sébastien. Elle se confondit en excuses devant la patiente qui venait de sursauter. Elle ressortit aussitôt, prenant son mal en patience. Après un quart d'heure à tourner autour de la table de la cuisine, Sébastien la rejoignit enfin :
- Qu'est-ce qui se passe ?
- J'ai eu une vision.
- Tu as toujours des visions.
- Celle-là était différente, je pense qu'on vient de me prévenir que quelque chose de terrible va arriver.
- Tu te laisses aller au catastrophisme, ne t'inquiète pas il ne…
Sébastien n'eut pas le temps de finir sa phrase, le sol se mit à trembler, les enfants hurlèrent de terreur. Ils coururent dans leurs chambres pour les ramener sous la table du salon. Léa serrait Lila de toutes ses forces, essayant de la rassurer. Un tremblement de terre, ici, c'était du jamais vu. Sébastien plongea son regard dans celui de Léa, il fallait qu'elle lui raconte sa vision, ce ne pouvait être un hasard.

Comme toutes les autres maisons alentours, il n'y avait plus d'électricité. Léa alluma toutes les bougies qu'elle trouva. Ce soir, tout le monde resterait dans la même pièce. Après avoir enfin pu les calmer et les endormir, Léa rejoignit Sébastien dehors pour pouvoir discuter sans les réveiller. Il avait réussi avec son portable à regarder les informations. Il montra à Léa les images des dégâts causés par des tremblements de terre partout dans le monde pendant ces dernières heures. Des cyclones se formaient, deux volcans se réveillaient. Le monde était en ébullition, même les journalistes n'arrivaient plus à parler assez vite pour exposer tout ce qui se passait. Il éteignit son téléphone et se tourna vers Léa :

- Je t'écoute, qu'est-ce que tu as vu exactement ?

Léa lui raconta tout ce qu'elle avait vu et ressenti. Mais cette vision ne pouvait avoir tout son sens sans connaître sa rencontre avec Savanah. Alors elle lui relata en détail tout ce qui lui était arrivé, comment elle avait été activée, l'intervention de Maël, sa rencontre avec Savanah…

- Je suppose que tu as ton idée sur la signification de tout ça.

Sébastien avait posé la question mais n'était pas sûr de vouloir entendre la réponse.

- Oui. (Léa s'assit sur l'un des bancs de la terrasse, comme si un poids trop lourd tombait sur ses épaules.) Ils ont rendu leur jugement. On a échoué. Ces cataclysmes ne sont qu'un début. Ça va empirer et ce sera très rapide.

Sébastien vint s'asseoir à côté d'elle. C'était impossible. On ne pouvait pas permettre ça !

- Il doit y avoir une solution, ils ne vont pas nous abandonner, ce serait injuste.

- Crois-tu ? Je n'en suis pas si sûre.

Non, il n'en était pas si sûr non plus. Et pourtant, il ne voulait pas se résigner.

- Tu dois retourner voir Savanah, tu dois la convaincre qu'ils nous laissent plus de temps. On ne va pas regarder le spectacle sans rien dire. (Sébastien se remit debout, excédé, laissant échapper sa colère et sa déception.) Pense aux enfants, ils n'y sont pour rien eux, il faut essayer.

Léa contempla Sébastien. La lune était dégagée, éclairant son compagnon qui l'impressionnait toujours autant par la justesse de ses sentiments.

- Quand bien même je voudrais lui rendre visite, je n'ai aucune idée sur la façon dont je pourrais la rejoindre, se résigna-t-elle.

- Toi non, mais quelqu'un d'autre peut-être.

Sébastien regardait toujours loin devant lui. C'était la première fois depuis la réception qu'il faisait allusion à Maël. Léa ne savait que répondre. Devait-elle tenter de plaider leur cause devant le Haut Conseil ?

- Tiens, prends le téléphone, il est temps que tu l'appelles.

Sébastien lui donna son portable et sans rajouter une parole, il rentra dans la maison pour la laisser seule.

Léa n'avait plus revu Maël et mis à part quelques nouvelles que laissaient échapper les informations, elle ne savait pas où il en était. Elle prit une profonde inspiration et composa son numéro :

- Allô.

Sa voix eut un effet immédiat, la plongeant dans un état de bien être sans commune mesure, comme si de nouveau elle flottait en dehors de la réalité. Elle n'arrivait pas à prononcer un mot, alors il continua pour elle.

- Je savais que tu m'appellerais. J'espère que vous allez tous bien. Tu as vu toi aussi ?

- Oui, nous allons bien, merci. J'ai vu en effet. Sébastien pense que nous devons essayer de leur faire changer d'avis, il croit que toi tu saurais comment contacter Savanah.

- J'y ai pensé aussi et nous ne sommes pas les seuls. Ces derniers temps j'ai eu beaucoup de contacts avec des chamans d'Amérique, des Yogis, des moines Tibétains… Tu n'imagines pas combien de personnes sont connectées et ont senti tout ça venir. On va tenter quelque chose. Il faut se rendre dans les vortex, ce seront les seuls endroits où ils pourront nous faire monter. Certains vont à Stonehenge, d'autres au Machu Picchu… Moi j'ai choisi l'Egypte, la Grande Pyramide. J'ai mon vol demain matin à l'aube depuis Bordeaux. Il faut partir vite avant qu'ils ne clouent les avions au sol. J'ai déjà pris deux billets.

Léa sourit. C'était si agréable de se sentir à nouveau voguer dans le sillon de Maël.

- Je ne sais pas comment venir jusqu'à Bordeaux. Je n'aurai jamais un train à cette heure-ci et Sébastien aura besoin de la voiture pour les enfants.
- Alors je viens te chercher. Prépare-toi, je serai là dans deux heures. Je…
Léa sentit qu'il allait lui dire « Je t'aime » comme on ponctue une fin de phrase.
- Moi aussi, souffla-t-elle en raccrochant.
    Elle regarda la Lune. Elle n'avait plus peur, à eux deux ils trouveraient une solution. Il fallait juste se faire confiance et garder un peu d'espoir.

    Sébastien s'était servi un verre de Whisky. Il la regarda entrer, sachant déjà ce qu'elle allait lui annoncer.
- Tu pars quand ? demanda-t-il paisiblement.
- Il vient me chercher dans deux heures. Nous prenons un avion demain matin pour l'Egypte.
Sébastien vida son verre d'une traite et se resservit sans attendre.
- L'Egypte. Bien sûr. Ça paraît évident maintenant.
Il n'avait pas envie qu'elle parte, surtout avec Maël. Mais ça, c'était laisser son égo et ses émotions terrestres prendre le dessus. Il essaya de se remettre en objectivité, à planer au-dessus de la situation pour reprendre une vue d'ensemble.
- Je vais dire à mes parents de venir s'installer ici. Comme ça j'aurai un œil sur tout le monde si ça dégénère. Tu devrais te préparer et aller embrasser les enfants.
Sébastien essayait de garder contenance mais ne put retenir la larme qui coula au coin de son œil droit.
    Léa s'avança et le prit dans ses bras. Elle l'embrassa tendrement, reconnaissante envers la vie de lui avoir fait rencontrer un tel homme.
    Il s'essuya furtivement :
- On va dire aux enfants que tu dois partir quelques jours pour un nouveau travail.

- Fais des provisions dans le sous-sol et sors tous les pulls et couvertures que tu pourras.

Sébastien comprit que les conseils de Léa étaient des recommandations à ne pas prendre à la légère. Il commençait à douter, se reverront-ils dans cette vie, dans l'autre ?

- J'ai été le plus heureux des hommes avec toi. Tu sais que je t'aime, sincèrement.

Le ton de Sébastien prenait des notes d'adieu.

- Ne parle pas comme ça, je reviendrai, on va se revoir.

- Soyons honnêtes. Tu ressens comme moi qu'il n'y a plus rien de certain ni d'acquis. Il faut se rendre à l'évidence. Aucun de nous ne sait si on se reverra.

Non, en effet, elle n'en avait aucune idée. Une boule au ventre vint lui tordre ses tripes. Sa famille, ses enfants…

Elle alla dans la chambre et délicatement posa des baisers sur leurs fronts. Yoan se tourna et se rendormit. Lila, toujours aussi sensible, ouvrit grand les yeux :

- Tu t'en vas maman ?

- Oui ma puce, pour quelques jours.

- Tu vas dire aux autres d'arrêter de faire trembler la terre ?

Léa sourit. Lila comprenait toujours tout, avec ses mots, son innocence.

- Oui ma chérie, je vais leur dire qu'ils nous laissent tranquilles.

- Je t'aime maman.

- Je t'aime plus fort encore ma puce.

Léa quitta la chambre, incertaine de les revoir un jour, c'était un futur qui ne lui appartenait pas.

Elle prépara un sac très sommaire pour quelques jours comme elle put à la lueur d'une bougie. Elle entendit une voiture qui remontait leur allée. Elle sentit son cœur se mettre à battre plus fort qu'elle ne l'aurait voulu. Les minutes qui allaient suivre allaient être très intenses, elle le savait.

Elle entendit Sébastien ouvrir la porte et saluer Maël. Elle prit son sac et les rejoignit sur le perron. Maël portait un jean et un t-shirt manches longues blanc. Il était coiffé plus court que la dernière fois et paraissait encore plus jeune. Ses poils se hérissaient sans qu'elle ne s'en rende compte et une partie d'elle semblait honteusement se réjouir de sa présence.

Sébastien remarqua sa gêne, conscient que ce trouble-là, il ne l'avait jamais suscité de cette façon. Il se sentait résigné. Il aimait tant ces deux êtres qu'il ne pouvait même pas en vouloir ni à l'un, ni à l'autre de ce qu'ils éprouvaient.

- Bonsoir Maël, reprit-elle sobrement.
- Bonsoir.
- Bon, faut que vous partiez, vous allez déjà très peu dormir cette nuit, pas la peine de vous attarder.

Sébastien souhaitait plus que tout écourter le moment. Maël prit le sac de Léa et l'attendit dans la voiture.

- Je sais qu'il veillera bien sur toi, ironisa Sébastien qui préférait qu'elle garde cette image-là de lui.
- Tu sais aussi que je t'aime, n'est-ce pas ? lui murmura-t-elle en l'embrassant.
- Je sais, oui. Revenez avec de bonnes nouvelles.

Il regarda Léa prendre place dans la berline, qui fit demi-tour. Une page se tournait cette nuit, il ne savait pas pourquoi, mais il ne pouvait s'empêcher de penser que leurs vies venaient à tous de prendre un autre tournant.

Léa vit sa maison rétrécir dans le rétroviseur. L'estomac noué, elle aurait voulu revenir trois ans en arrière, avant de savoir que Maël était là, quand sa vie suivait un cours paisible et ensoleillé.

Maël ne disait pas un mot, trop respectueux de ce qui pouvait torturer son amour. Après une heure de route à méditer sur les évènements, elle se sentit enfin prête à engager la conversation. Malgré elle, ses premiers mots furent pour Ilina :

- Comment vont Ilina et ton fils ? J'ai su que c'était un garçon grâce aux informations.
- Ils vont bien merci.
- Comment tu lui as expliqué cette excursion en Egypte ?
- Je ne le lui ai pas expliqué. Je lui ai dit que j'étais bloqué à Bordeaux pour le travail. De toute façon, il y a déjà quelqu'un qui veille sur eux.
Léa perçut l'allusion et en fut désolée pour lui.
- Je suis navrée pour toi.
- Pourquoi ? Non, je t'assure, c'était couru d'avance. Et sois honnête, je ne pense pas que tu te serais réjouie que je te parle d'amour avec Ilina, se moqua-t-il.
Elle sourit. Non, en effet, elle n'aurait pas apprécié.
- Parle-moi de ton fils, comment est-il ? Qu'est-ce qu'il aime ?
- Il est fabuleux. Comme tous les enfants d'ailleurs. Il a fait ses nuits très rapidement et on l'entend rarement pleurer ou se plaindre. J'ai l'impression qu'il a dix fois plus de sagesse en lui que tous ceux que je rencontre dans mes meetings. Il est venu pour sa mère. Il va l'aider à se retrouver et à la faire évoluer. Il n'est pas dupe, comme tous les enfants il comprend tout ce qui se passe. J'en ai longuement parlé avec lui lors de nos rencontres en songe et il accepte très bien les choses. Il m'impressionne à vrai dire.

Il parlait avec tant d'amour dans sa voix que Léa en fut émue. Ils avaient eu des enfants, dans d'autres vies avant celle-là, et quelque part au fond de sa mémoire des images lui revenaient.

Il était deux heures du matin quand ils arrivèrent à l'hôtel en face de l'aéroport. Maël descendit ses affaires et l'incita à la suivre jusqu'au deuxième étage. Il posa tout au pied du lit et lui tendit la clef :
- Tu as trois heures de repos devant toi. Rendez-vous en bas dans l'entrée à 5h30.
- Tu ne restes pas ?

- Je ne pense pas que ce soit convenable que nous soyons dans la même chambre ou le même lit ce soir. Je vais me reposer dans la voiture, ne t'inquiète pas.

Léa convint que ce serait mieux ainsi et le laissa partir. Une fois seule dans la chambre, elle sentit les secondes s'écouler comme des années. Elle s'allongea et finalement fut happée par la fatigue et plongea sans un sommeil profond.

L'homme en noir était dans le hall de l'aéroport. Il devait agir vite, ils ne devaient pas quitter la ville. Il passa un appel qui ne dura pas plus de dix minutes. Puis il attendit, scrutant les panneaux d'affichage. Trente minutes plus tard, tous les vols étaient annulés. Il souriait, ça devenait presque trop facile à son goût.

Maël frappait à grands coups sur la porte et Léa mit un temps à se réveiller et à remettre ses idées en place. Elle ouvrit la porte en baillant :
- C'est déjà l'heure ? Pourtant, j'avais mis le réveil.
- Non, il n'est que cinq heures. Mais on a un problème.
- Qu'est ce qui se passe ?
- Tous les vols ont été annulés. Menace terroriste apparemment et on sait tous les deux que les tempêtes à venir vont clouer pas mal d'avions au sol.
- Comment va-t-on s'y prendre ?
- On va aller en voiture jusqu'à Marseille. De là on prendra un bateau jusqu'à Alexandrie.
- Tu penses vraiment qu'on trouvera un bateau là-bas ?
- J'ai eu le temps de me faire de bons contacts avec mon boulot. Ne t'en fais pas, j'ai déjà tout organisé, ce soir un bateau nous attendra, qu'il pleuve ou qu'il vente, on nous emmènera où on veut. C'est une fois sur place qu'il faudra improviser.
- Très bien. Laisse-moi prendre une douche et je suis à toi.

- Vas-y, j'irai après toi.

Léa se déshabilla dans la salle d'eau qui n'avait aucune porte de séparation. Elle cherchait à se faire discrète et cela lui parut bien inutile puisqu'il la connaissait déjà sous tous les angles. Et pourtant, c'était un réflexe de pudeur qu'elle ne pouvait réprimer. Elle le sentit qui souriait dans son dos.

- Ne te moque pas de moi, c'est vraiment trop étrange comme situation.

- Non, jamais je ne me moquerai de toi mais comprends que tu puisses me faire rire. Et puis je ne souris pas seulement parce que tu as l'air ridicule, mais aussi parce que ça me permet de faire diversion sur le fait que ta simple vue me chamboule complètement.

Léa préféra rentrer rapidement dans la cabine de douche. Autant ne pas laisser venir certaines images à son esprit.

Une fois habillés et repus d'un petit déjeuner copieux, ils prirent la route pour un périple de plus de 800 kilomètres. Maël prit le volant sur la première moitié, évitant au maximum les grands axes surchargés. Certaines stations essence étaient déjà fermées. Prévoyant, Maël avait rempli deux bidons d'essence dans le coffre.

Ils purent capter une station radio, peut-être la seule encore capable d'émettre. Tout le territoire venait de subir des tremblements de terre et des épisodes de fortes pluies. Malgré les grésillements, ils comprenaient que la France n'était pas le seul pays à connaître des cataclysmes. Le monde entier était en proie à des dérèglements climatiques sans précédents. Ils suivaient d'heure en heure les bulletins météo qui ne laissaient rien présager de bon. Les dégâts qu'ils voyaient de part et d'autre de la route étaient au-delà de ce que les médias laissaient entendre. Des toits arrachés, des voitures retournées, des arbres déracinés, des champs inondés... Une vision apocalyptique qu'ils ressentaient comme le début de quelque chose de plus impressionnant à venir. Ils s'arrêtèrent peu après Narbonne pour acheter des sandwichs à un distributeur qu'ils engloutirent dans la voiture. Les quelques personnes faisant route avaient toutes l'air aussi perdues les unes que les autres, ne sachant où fuir ou même s'il fallait fuir.

Léa commença à douter de leur périple :

- Il faut faire quelque chose, sinon on ne pourra jamais prendre le bateau. Même si tu nous trouves le meilleur skipper qui soit, il ne voudra jamais naviguer sous la tempête.

- Tu as raison. Tu vas prendre le volant. Moi je vais demander de l'aide à Athon et me connecter aux autres. Il doit bien y en avoir là-haut qui ne vont pas nous laisser tomber.

Léa échangea sa place avec Maël. Une fois bien installé, il ferma les yeux et elle sentit qu'il n'y avait plus que son corps qui restait à côté d'elle.

Maël appela un long moment Athon. Il marchait le long d'un sentier où les arbres semblaient se ternir et s'affaisser. Même de l'autre côté il se tramait des choses insoupçonnables. Le brouillard se dissipa peu à peu. Athon réussit enfin à le retrouver.

- Qu'est ce qui se passe Athon, qu'est-ce que c'est que tout ça ?

- Ce que vous vivez en bas, nous le vivons en haut. Le Haut Conseil a statué. Le treillis énergétique autour de la Terre se fissure. L'Ombre gagne du terrain.

- Et ils laissent faire ?

- Non, ils vont laisser l'Ombre faire son œuvre. Après, ils interviendront, pour la reconstruction.

- Ce n'est pas possible. Ils m'ont envoyé pourquoi ? Pour rien ? Pour me laisser tomber ?

- Tous ne mourront pas, reprit Athon

Maël eut un rictus.

- Non, peut-être pas tous, mais pour nous en bas, chaque vie est précieuse. Aide-nous, nous devons atteindre la grande pyramide. Il faut que nous puissions avoir deux jours de répit en méditerranée. Ne m'abandonne pas Athon, pas maintenant !

- Jamais je ne t'abandonnerai. Il y a aussi des dissensions parmi nous. Je peux demander de l'aide parmi les Anges. Certains me suivront, nous ferons notre possible pour que vous atteignez Alexandrie. Repars, elle a besoin de toi…

Maël se réveilla juste à temps pour rattraper le volant et remettre la voiture sur la route. Léa s'endormait mais le coup de volant la rappela à l'ordre :
- Désolée, désolée. J'ai lutté, je ne pensais pas m'endormir.
- Ça va, ça va. Tout va bien. Gare-toi là je vais continuer. On est où ?
- Arles.
- Bien, on y est presque.
Il descendit et fit le tour pour reprendre place côté conducteur.
- Tu n'as qu'à dormir encore un peu, lui proposa-t-il.
- Qu'est-ce qu'ils t'ont dit ?
- Athon va nous aider. On devrait pouvoir atteindre notre destination. Mais déjà Léa s'était rendormie.

Le port de Marseille était vide. La météo était de nouveau menaçante. Gardant espoir, Maël se dirigeait sans hésiter vers un des ponts. Il y avait de grands Yachts dignes des films d'action. Léa n'avait jamais pris le bateau. Dommage que ce soit en de pareilles circonstances.
Il s'arrêta devant un immense Yacht portant le nom d'« Evidence. »
« Assez étrange pour un bateau, » songea Léa.
Un homme d'une quarantaine d'années portant une tenue typique de marin vint les accueillir et leur tendit la main pour les faire monter.
- Bienvenue à bord Monsieur Glade. Je m'appelle Ronaldo. J'ai pour ordre de vous conduire à Alexandrie. Sachez que la météo est plus que mauvaise, ça risque de beaucoup secouer.
Le capitaine avait dû crier pour se faire entendre, les bourrasques de vent s'intensifiaient.

- Merci. Ne vous inquiétez pas pour nous. Il faut impérativement que nous nous rendions à Alexandrie. Combien de temps pensez-vous que la traversée durera ?

- Avec une météo pareille, je dirai au mieux trois jours.

- Alors ne tardons pas plus, allons-y.

- Je vais vous montrer vos cabines. Tout est prêt pour que vous puissiez manger et boire à votre convenance. Constance est là pour vous préparer tout ce dont vous aurez besoin à toute heure du jour et de la nuit.

- J'aurai dû me douter que tu avais mis en scène tout ça pour voyager en tête à tête avec moi, souffla Léa en passant devant lui.

Les cabines étaient luxueuses, plus de 15 mètres carrés chacune avec salle de bain attenante comprenant baignoire à remous et cave privée. Un cadre bien indécent pour un tel voyage mais après tout, le sort pouvait lui aussi avoir beaucoup d'humour.

Maël et Léa avaient chacun leur cabine. Elle profita d'un moment seule pour appeler Sébastien et lui dire que tout allait bien. Mais elle tomba de suite sur le répondeur. Il ne devait plus avoir de batterie et s'ils n'avaient toujours pas d'électricité… Elle laissa quand même un message pour lui et les enfants, espérant qu'il l'aurait au plus vite.

Une heure plus tard, ils quittaient le port. Le bateau tanguait comme l'avait prévu Ronaldo mais ils pouvaient quand même prendre la mer. Le temps semblait plus clément et Maël remercia Athon pour son aide.

Alors qu'ils pensaient la partie gagnée, Léa sentit le bateau ralentir et les moteurs s'arrêter. Maël était lui aussi sorti de sa cabine, aussi surpris qu'elle. Ils se dirigèrent vers le pont et malgré la nuit qui tombait, ils perçurent un zodiaque de la police qui venait de faire arrêter le bateau.

- C'est bizarre. Il n'y a qu'un seul policier et son bateau ne paye pas de mine pour la police maritime. Ça ne présage rien de bon.

Ronaldo faisait de grands signes au policier qui était monté à bord. Maël s'avança vers eux, pensant pouvoir intervenir en leur faveur.

- Que se passe-t-il ?
- Ce policier dit que nous n'avons pas le droit de sortir de la baie. Il y a une alerte météo qui oblige tous les bateaux à rester au port. Ronaldo tendit les papiers à Maël.

Léa voyait bien les trois hommes discuter. Mais en effet, quelque chose clochait. Plus elle regardait le policier, plus elle sentait qu'elle le connaissait. Elle se concentra et chercha dans ses souvenirs. « Oh non ! » s'exclama-t-elle. Elle reconnut ce regard, cette expression. C'était les mêmes émanations que l'homme qui avait cherché à l'éliminer quelques années plus tôt.

Le policier finit par regarder dans sa direction. Il comprit qu'elle l'avait reconnu. Il commença à sortir son arme à feu mais Léa s'était déjà élancée et courait sur Maël. Maël qui regardait les formulaires avec Ronaldo n'avait pas vu le policier sortir son arme, ni Léa qui s'élançait devant lui. Un coup de feu retentit. Léa s'effondra aux pieds des trois hommes. Maël réagit aussitôt et sauta sur le faux policier. Ronaldo suivant son instinct, lui prêta main forte et à deux ils désarmèrent l'imposteur. Maël tenait l'arme dans sa main. Ronaldo tenait l'agresseur et attendait la suite. Mais quelle suite, que devait-il faire ? Ronaldo devenait témoin, il ne pouvait pas se permettre de commettre un crime sous ses yeux, ni lui expliquer la situation. Léa était encore face contre terre, du sang coulait sous son ventre. Il luttait contre sa colère et l'envie de se venger. Puis l'imposteur ne lui laissa pas le choix, il commença à se débattre et sortit un couteau de sa ceinture, prêt à en découdre avec le capitaine. Tout se passa si vite que Maël n'eut pas à réfléchir. Deux coups de feu suffirent et l'homme bascula par-dessus bord.

Ronaldo regardait Maël, attendant de pouvoir comprendre ce qui venait de se passer.

- Je vous en prie Ronaldo, reprenez la barre, nous partons.

Le capitaine ne posa aucune question et s'exécuta. Avait-il déjà eu ce genre de déboires à bord ? C'était fort possible quand on savait qui était son employeur.

Maël remit Léa sur le dos. La balle lui avait frôlé le flanc droit mais n'avait pas pénétré. Il la prit dans ses bras et la ramena dans sa cabine. Constance qui s'était cachée dans la cuisine vint le rejoindre.

- Tout va bien Monsieur ?

- Ça va aller Constance. Désolé que nous ayons à nous présenter dans de pareilles circonstances. Pourriez-vous m'amener votre trousse de premiers secours et une casserole d'eau bouillante ?

- Bien Monsieur, je reviens de suite.

Rondelette du haut de ses cinquante-cinq ans, Constance avait tout de la parfaite concierge. Pas de question inutile, discrète, elle allait leur faciliter le voyage.

Léa se mit à gémir et à retrouver ses esprits. Maël était en train de la déshabiller en prenant soin de ne pas lui faire mal.

- Tu m'avais dit que ce serait déplacé. Tu ne peux pas attendre avant de me déshabiller ?

- Si tu refais encore une chose aussi stupide c'est moi qui te jette par-dessus bord, compris ? Qu'est-ce que je pourrais dire à Sébastien, qu'il t'aura fallu seulement 24 heures avec moi pour te faire tuer ? la réprimanda Maël. Rendors toi, ça vaut mieux, ça va être un peu douloureux.

Après avoir nettoyé la plaie, Maël lui fit quelques points de suture. Une fois refermée, il prit soin de la magnétiser toutes les heures jusqu'à l'aube où finalement, il sombra à son tour dans un sommeil profond.

Athon avait fait appel à Raziel. Il savait qu'il pourrait plaider leur cause.

- Nous ne pouvons intervenir sans l'accord du Haut Conseil, tu le sais Athon.

- Nous ne pouvons laisser faire. Je sais qu'ils sont peu nombreux en bas prêts à s'éveiller. Mais on ne peut pas les sacrifier pour autant. Chaque vie compte.

- Si je renvoie des Anges pour vous aider et influer sur le temps, ils retomberont, ils devront en payer le prix et retourneront dans des dimensions plus basses en attendant leur expiation.

- Je sais. Mais propose leur, que chacun agisse selon son cœur.

Raziel proposa à son groupe d'Anges d'aider les Éveillés à atteindre la Pyramide. Cinq d'entre eux s'avancèrent sans aucune hésitation. Athon les remercia et Raziel rouvrit les portes.

Léa sentit un fin rayon de soleil lui lécher la joue. Le bateau tanguait moins et elle se sentait en forme. Elle regarda son flanc, la plaie avait déjà bien cicatrisé. Elle se douta que c'était l'œuvre de Maël. Elle se retourna, il était là, dormant paisiblement. Elle posa sa tête à quelques centimètres de la sienne, ses yeux à hauteur des siens. Elle aurait voulu le caresser, l'embrasser, laisser libre cours à des gestes tendres, à ses désirs les plus profonds.

- N'y pense même pas.

Il n'avait pas ouvert les yeux. Un sourire commença à se dessiner sur ses lèvres et il continua :

- Arrête de penser tout court, sinon...

Léa se releva malgré elle, luttant contre la plus forte des attractions qu'elle connaissait. Elle attrapa sa chemise et se rhabilla.

- Je vais chercher un petit déjeuner, tu veux quelque chose ?

- Dis plutôt que tu vas chercher à dîner.

Maël finit par ouvrir les yeux et s'assit sur le lit. Il se frictionna les cheveux et tout en baillant il reprit :

- Tu as dormi deux jours. Ça a toujours cet effet là quand je pose les mains sur quelqu'un !

- Quoi, deux jours ?

Elle fonça attraper son téléphone, et si Sébastien et les enfants avaient appelé ?

- Toujours sur répondeur, la devança-t-il. J'ai déjà essayé pour lui donner de tes nouvelles. Apparemment les choses ne s'arrangent pas sur le continent.

Les tempêtes avaient dû s'intensifier, elle chassa de son esprit toutes les visions apocalyptiques qu'elle avait eues ces derniers temps. La peur ne devait pas s'installer, elle n'aurait fait qu'attiser l'Ombre.

« Autant ne pas regarder en arrière, » se dit-elle. Il fallait garder l'esprit clair pour la suite. Elle reposa doucement le téléphone, consciente qu'il ne servait à rien d'insister.

Adaptant son équilibre au balancement du bateau sous la houle, elle se rendit dans la cuisine qui se trouvait à l'arrière du bateau. Petite mais fonctionnelle, les meubles étaient en bois exotique poli et le plan de travail en pierre brute. Un chef d'œuvre de menuisier pour le plaisir des yeux. Elle fit plus ample connaissance avec Constance qui était gouvernante à bord depuis plus de quinze ans. Célibataire et passionnée par la mer, elle n'avait jamais envisagé de vivre hors d'un bateau. C'était là son chez elle, les flots et l'écume. Elle lui prépara un risotto aux champignons qui dépassait de loin tous les risottos qu'elle avait pu goûter jusque-là.

- Constance, votre risotto est une bénédiction pour mes papilles. On oublie tout le reste quand on goûte votre cuisine.
- Merci Madame. Comment vous sentez-vous aujourd'hui ?
- Bien, merci. Vous savez quand nous devrions arriver à Alexandrie ? demanda Léa en sauçant son assiette avec une tranche de pain.
- Nous avons eu de la chance, le temps s'est amélioré.

Léa réalisa qu'Athon avait réussi à intercéder en leur faveur. Elle adressa mentalement un remerciement sincère envers tous ceux qui avaient accepté de les aider. Elle savait qu'ils n'étaient plus seuls, leur embarcation était protégée. Leur périple avait enfin une chance d'aboutir, elle en était certaine.

- Nous devrions accoster demain midi, finit Constance.

- Aux dire des informations, Alexandrie a essuyé une pluie de grêle violente. Beaucoup d'habitations sont endommagées et les voitures aussi. Trouver une voiture qui nous conduise aux Pyramides ne va pas être si simple.

Maël venait d'entrer. Il attrapa une pomme sur la table et la croqua à pleines dents.

- Il n'y a pas que les voitures qui peuvent nous amener là-bas, répondit Léa en se servant une part de tarte.
- C'est vrai, ce n'est pas bête. Chameau ou cheval ?
- Tu connais ma réponse.
- Oui mais le chameau serait plus adapté au désert.
- On prendra ce qu'il y aura, conclut Léa.

Leur dernière nuit à bord fut calme, comme si le ciel suivait leur avancée en les enveloppant d'une bulle les protégeant de tout ce qui dévastait le reste du monde. Chacun dormit paisiblement dans sa cabine respective et Ronaldo confirma leur arrivée pour midi.

Le port d'Alexandrie avait effectivement souffert des intempéries. Des centaines de poissons morts flottaient à la surface et une odeur fétide venait agresser les narines. Les nuages encombraient encore le ciel mais il ne pleuvait plus. Beaucoup de hautes tours étaient tombées, les habitants s'organisaient comme ils pouvaient pour organiser des campements de fortune. Les pillages avaient déjà commencé. Devant les foules éparpillées et le tumulte qu'ils apercevaient, Ronaldo refusa de s'amarrer au port. Il leur fournit un bateau de sauvetage et des rames. Maël ne pouvait lui en vouloir, c'était compréhensif. Constance leur prépara de quoi manger pour plusieurs jours.

Ils se retrouvèrent ainsi tous les deux seuls sur un canot de sauvetage, au large des côtes méditerranéennes, des serviettes nouées sur le visage en guise de masque pour les préserver des relents nauséabonds. Maël se mit à ramer en direction d'un coin reculé du port où il estimait qu'ils croiseraient moins de monde :
- À croire que ramer devient plus qu'une expression.

Léa ne pouvait s'empêcher de voir le côté cocasse des événements.
- Tu ne crois pas si bien dire, répondit-elle.

Une fois descendus à terre avec leurs sacs sur le dos, la suite paraissait bien moins évidente que prévue. On entendait crier partout alentour, pleurer, geindre. Alexandrie sombrait, comme sûrement beaucoup d'autres villes en ce moment. Les rues étaient devenues des champs de ruines. Ils marchèrent de longues heures en contournant le centre. Les habitations devenaient de plus en plus rares et fur et à mesure de leur progression et il n'y avait toujours pas de moyen de transport en vue. Ils commençaient à croire que la chance avait tourné quand enfin ils aperçurent un panneau montrant des chevaux près de ce qui avait été un petit complexe hôtelier.
- Apparemment il y a un centre équestre pas loin ! se réjouit Léa.
- Oui et comment on procède ? Bonjour, pouvez-vous nous amener à cheval à plus de 400 kilomètres ?
- Pourquoi leur demander ? On attend qu'il fasse nuit et on prend ce dont on a besoin.

Léa continuait à marcher comme si tout était normal.
- Oui, en fait, je ne sais pas pourquoi je me pose autant de questions !!!

Le centre, ou plutôt ce qui devait ressembler à un ranch pour les touristes, avait aussi subi de nombreux dommages. Tout semblait désert, seuls les chevaux étaient restés. Léa et Maël se tapirent sous un arbre assez loin de l'habitation au cas où quelqu'un reviendrait mais assez près pour que les chevaux commencent à s'habituer à leur voix et à leur odeur. Ils firent le guet en contemplant le soleil finir sa course, se demandant s'ils arriveraient avant qu'il ne soit trop tard.

À la nuit tombée, Maël se félicita d'avoir pris les torches trouvées sur le yacht.

On aurait pu les qualifier de voleurs mais quel autre choix s'offrait à eux ? C'était leur dernière chance de pouvoir continuer et d'essayer d'éviter le Chaos. Ils commencèrent par choisir leur monture dans les box. Léa jeta son dévolu sur un hongre bai alors que Maël choisit un cheval Palomino. Ils choisirent une petite jument pour le transport de leurs affaires. Léa trouva le matériel nécessaire dans la cabane aménagée en sellerie et tandis qu'elle préparait les chevaux, Maël essayait de trouver tout ce qui pourrait leur servir. Dans le bureau attenant, il trouva des allumettes, un couteau et une carte, ce qui tombait à pic même s'il ne comprenait rien à la langue. Il roula une des couvertures de chevaux, pensant qu'elle leur serait bien utile pour les nuits. Il utilisa une selle et quelques cordes pour maintenir en équilibre tout leur attirail sur la jument. Léa venait de finir. Machinalement elle regarda son portable. Sa batterie commençait à clignoter. Elle pensa aux enfants et intérieurement leur souhaita bonne nuit. Elle éteignit définitivement l'appareil. Il était temps de se remettre en route.

- Tu penses que ça devrait nous prendre combien de temps ?
- À raison de huit heures de marche à cheval par jour à bonne cadence, on devrait mettre un peu moins de trois jours.
- Je sens qu'il y en a un qui va marcher en crabe ce soir, plaisanta-t-elle en le voyant monter sur son cheval.
- Oui, ou qui aura mal au dos et qui aura besoin d'un bon massage, répliqua-t-il.

Toujours sans bruit et sans avoir été interrompus, ils s'enfoncèrent sur les routes sablonneuses en direction des pyramides. Maël regardait consciencieusement sa carte à la lueur de sa torche en essayant de leur faire contourner les villes. La lune était cachée par les nuages et rapidement ils durent abandonner l'idée de voyager de nuit. Les chevaux trébuchaient et ça devenait trop dangereux. Après trois heures de marche incertaine, ils estimèrent avoir mis assez de distance entre eux et Alexandrie. Ils se rapprochèrent d'un maigre bosquet et défirent leurs affaires.

- Bonne idée cette couverture.
- N'est-ce pas ! répondit Maël.

Ils étaient tous les deux sur le dos, contemplant un ciel noir sans étoiles.

- Si l'Ombre a essayé de nous arrêter c'est bon signe, ça veut dire que l'on représente encore une menace, que nous avons encore une carte à jouer !
- Tu as raison, on devrait plutôt voir ça du bon côté.

Léa finit par s'endormir en pensant aux enfants. Maël quant à lui ne pouvait trouver le sommeil. Léa allongée à côté de lui... Ça devenait tout simplement ingérable. Tenir ses distances était une épreuve dans l'épreuve. Il se leva et s'adossa contre l'arbre où les chevaux étaient attachés. Elle dormait comme un bébé. C'est en la contemplant qu'il put enfin trouver refuge dans la nuit.

Il ne devait pas faire plus de 25 degrés, temps idéal pour avancer avec les chevaux. Ils trouvèrent un point d'eau en fin de journée et purent les faire boire à leur soif. Ils avaient rationné leur eau et les repas de Constance. Ils devaient tenir encore deux jours mais la gouvernante avait été généreuse, cela leur faisait un souci en moins à gérer.

Sébastien avait suivi les conseils de Léa. Ils avaient élu domicile dans le garage en sous-sol, il avait descendu les matelas, les couvertures et tout ce qui pouvait se manger sans cuisson. Mais ils ne pourraient tenir indéfiniment sur les restes.

Une partie de la toiture avait été arrachée et c'était déjà la troisième tornade qui passait. Toutes les routes étaient bloquées. Il ne s'autorisait que quelques rares sorties pour se rendre compte des dégâts. Les enfants faisaient preuve d'un courage exemplaire et ne se plaignaient jamais.

« T'inquiète pas papa, maman va leur dire d'arrêter tout ça, » lui avait dit Lila.

Il espérait tant qu'elle ait raison. Il n'y avait plus d'électricité et il n'avait plus aucun moyen d'avoir des nouvelles du reste du monde. Ses parents noyaient leurs inquiétudes en s'occupant des petits. Il était tellement content qu'ils soient là, c'était une présence qui lui permettait de tenir bon et de ne pas se laisser abattre. Il priait tous les jours, sachant que tous les survivants devaient en faire autant. Pourvu que leurs prières ne restent pas des mots dans le vent.

Trouver un endroit où dormir ce soir-là fut plus ardu. Les paysages devenaient de plus en plus désertiques. Mais alors que le soleil allait complètement disparaître, ils aperçurent une hutte en bois qui tenait à peine debout.
- On ne demandait pas tant.
Maël accéléra le pas, espérant atteindre la hutte abandonnée avant la nuit totale.
Léa brossa chaque monture un long moment tout en les remerciant pour leur aide. En d'autres circonstances, elle aurait pu dire qu'elle réalisait un rêve : partir en safari à dos de cheval. Maël alluma un petit feu au centre de la hutte. Les températures commençaient à descendre et un peu de chaleur n'était pas pour lui déplaire. Il avait préparé la ration du jour et attendait Léa pour manger.
- Ça ne vaut pas le yacht mais avoue qu'il y a un petit côté romantique dans cette excursion improvisée.
- Je dirais même que je préfère ça au yacht.
Léa était sincère. Au beau milieu de ce chaos naissant, une partie d'elle-même se sentait plus vivante que jamais.
Maël commença à étirer ses épaules.
- C'est douloureux ? lui demanda-t-elle.
- Oui, assez. Je n'ai pas l'habitude de faire du cheval, encore moins sur de si longs trajets.
Léa avala sa dernière bouchée et vint se placer derrière lui. Elle commença à lui masser les épaules.
- Tu ne devrais pas faire ça.
- Tu as mal, alors laisse-moi faire, ça ne me dérange pas.
Maël se retira d'un coup.

- Moi ça me dérange.

- Pas besoin d'être aussi agressif, se renfrogna-t-elle.

- Si, il y a besoin. Tu n'imagines pas les efforts que ça me demande d'être avec toi à longueur de journée sans pouvoir t'embrasser ou te prendre dans mes bras… J'ai même peur de te toucher car à chaque fois je sens que je ne vais plus pouvoir me contrôler.

- Et moi, tu y penses ? Tu crois que moi non plus je n'ai pas envie de ces choses-là ? Je brûle à l'intérieur, je ne peux pas te regarder sans imaginer ton corps contre le mien… Je n'ai jamais autant désiré quelqu'un en me sentant aussi coupable…

Ils avaient crié sans s'en apercevoir. Léa respirait aussi fort que lui. Il palpait son désir comme elle percevait le sien. Alors, d'un même élan, ils se jetèrent l'un sur l'autre en laissant leur passion déferler sur leurs lèvres. Maël lui retira à la hâte son t-shirt et caressa frénétiquement chaque parcelle de sa peau, avide de sensations comme quelqu'un que l'on venait de priver depuis des décennies d'une drogue dont on ne peut se désintoxiquer. Léa tremblait d'envie et suffoqua quand il lui retira son soutien-gorge. Il lui défit son pantalon et tout en l'embrassant il glissa sa main plus bas. Elle gémit sans retenue, laissant tout son être exprimer la passion bridée jusque-là.

Elle le déshabilla à son tour, laissant ses doigts explorer ce nouveau corps. Elle ressentait tout ce qui lui faisait plaisir, tout ce qu'il attendait. C'était comme reprendre un jeu exquis là où ils l'avaient laissé. Comment pouvait-on éprouver autant de joie et d'extase alors que le reste du monde se mourait ? Peu importait, il n'y avait qu'eux, au beau milieu d'un désert où seuls leurs soupirs résonnaient. Léa sentit avec bonheur l'onde mystique qui commençait à remonter le long de sa colonne vertébrale. Maël rythmait la cadence pour qu'ils atteignent ensemble l'apothéose de leur plaisir. C'était comme se retrouver à nouveau dans une bulle en dehors du temps, deux moitiés ne faisant plus qu'un. Le monde pouvait s'écrouler, jamais on ne pourrait leur enlever ce qu'ils étaient l'un pour l'autre.

Toute la nuit fut témoin de leurs ébats passionnés. Le jour se levait et malgré eux ils devaient revenir sur terre. La tête sur son torse, Léa rêvait à une autre alternative, une autre vie possible.

- À quoi tu penses ? lui demanda Maël.

- À rien, je profite, c'est tout.

Elle l'embrassa tendrement.

- Allez, debout, il faut continuer.

Fidèles à leur poste, les chevaux attendaient qu'on les prépare pour partir, appréciant à leur juste valeur les attentions de Léa à leur égard.

Le soir même ils atteignaient Gizeh. Il n'y avait plus de touristes, les abords des pyramides étaient presque vides. Pourtant, un petit groupe d'hommes restait en bas de la plus grande pyramide. Ils s'avancèrent vers eux et Léa fut interpellée par la diversité des origines : il y avait une cinquantaine de personnes, des chamans amérindiens, des hopis, des moines tibétains, des hindous… Maël lui, était fou de joie. Il reconnaissait une grande partie d'entre eux.

- Je te l'avais dit, nous ne sommes pas seuls ! lança-t-il en descendant de sa monture.

Maël fit les premières présentations et Léa dut plonger dans ses souvenirs pour retrouver ses notions d'anglais. Tous avaient répondu au même espoir, au même appel de la conscience.

- Nous vous attendions, annonça le plus vieux d'entre eux, qui devait être un Hopi.

Léa hocha la tête, elle était aussi émue que si on lui avait réservé une cérémonie d'accueil. Ils étaient tous là pour demander un sursis, une grâce, un miracle. Des âmes dévouées à la cause humaine, œuvrant depuis des années pour éviter ce drame.

Un des moines s'approcha de Maël et comme s'ils étaient déjà en train de débattre en les attendant, il leur demanda :

- Savez-vous ce que l'on doit faire ensuite ?

- Oui, je sais exactement où nous devons aller. Suivez-moi.

Maël prit naturellement la tête du convoi et les amena à l'intérieur de la pyramide. Il ouvrit les portes oubliées depuis des siècles comme s'il les avait fermées hier. Il se dirigeait dans le dédale si facilement que c'en était déconcertant. Il avait attrapé et allumé une des torches au mur et les autres en firent autant. Bien qu'elles n'aient pas dû servir depuis bien longtemps, elles réussirent à les éclairer. Il ne lâchait pas la main de Léa, comme s'il avait peur de perdre le joyau le plus précieux du monde.

Après quelques minutes de marche, ils se retrouvèrent face à un mur inondé de symboles. Il fit signe à Léa de placer sa main avec lui sur un des hiéroglyphes où l'Ankh prenait la place centrale.

- On l'a déjà fait. Tu as du mal encore à tout te rappeler, mais souviens-toi. Tu n'as qu'à répéter avec moi.

Maël prononça une phrase dans une langue qu'elle avait oubliée depuis fort longtemps. Mais plus il récitait, plus elle lui semblait familière. Alors comme un automatisme qui se relance, elle prononça les mots avec lui. À la troisième répétition, une porte s'ouvrit, laissant le petit groupe découvrir une salle immense, close depuis plus de dix mille ans.

Les murs intérieurs étaient tous gravés de symboles bien plus vieux que les hiéroglyphes, mélange de formes géométriques et de dessins abstraits, et un cercle au sol était délimité par des cristaux. Maël leur fit signe de se placer au centre. Ils se tinrent tous les mains et répétèrent les mots que prononçait Maël durant sa transe. Ils unirent leurs cœurs pour un appel à l'aide et à la clémence.

Un éclair qui ne dura que quelques secondes frappa la pièce.

Quand Léa ouvrit les yeux, ils étaient dans une des grandes pièces de cristal. Devant eux, Savanah, seule.

Aucun des autres humains ne semblait surpris, comme s'ils connaissaient eux aussi les lieux et les grands êtres bleus.

- Vous ne devriez pas être ici, commença Savanah sans plus de formalités.

- Et pourtant tu nous as laissés venir, répondit Léa.

- Je ne peux rien pour vous, le Haut Conseil a statué. Le treillis énergétique se dissout.

- Il nous faut encore du temps, je progresse en bas, eux aussi. (Maël désigna le groupe.) Des centaines d'autres êtres humains comme nous œuvrent pour la Lumière. Il faut nous accorder un autre délai.

- Je ne peux agir à l'encontre de leur décision. Vous êtes seuls à présent.

- Savanah, je sens au fond de toi que tu n'approuves pas ce qui se passe.

Léa la suppliait. Elle devait les aider.

Savanah les regarda tous un à un, comme on regarde ses enfants en se sentant impuissant face au destin.

- Je ne peux agir. Mais vous, vous pouvez encore gagner du temps. Léa, tu es la seule encore en vie qui conserve la mémoire des Gardiennes de Larimar. Dans la salle accolée à celle où vous avez pris contact avec moi, la Larimar est toujours là, posée au sol, attendant qu'un autre cercle se forme. Si onze autres personnes que toi sont prêtes à cette tâche, allez dans cette salle. Enseigne-leur comment raviver la Larimar. En la réactivant, vous pourrez compenser le treillis énergétique et affaiblir l'Ombre. Si vous réussissez, alors peut-être qu'ils remettront le Treillis en place avant que toute trace humaine ait disparu. En tant que Gardiens, vous conserverez vos corps intacts, le temps n'aura aucune emprise sur vous. À la fin de cette mission, vous aurez le choix entre reprendre une vie terrestre ou nous rejoindre là-haut. C'est votre seule chance. Mais sache Léa que tu ne verras pas tes enfants grandir, tu n'auras plus aucun contact avec les autres terriens.

- Si je ne le fais pas, ils n'auront aucune chance de grandir du tout, alors crois-tu que j'aie le choix ? se résigna Léa.

- Maël, je te propose notre aide, dit Savanah.

Deux autres êtres bleus entrèrent. Polymorphes, ils prirent sous leurs yeux une apparence humaine.

- Ces deux pléiadiens sont prêts à venir avec toi sur terre et à t'aider à rentrer dans une place plus stratégique encore dans votre gouvernement. Tu devras montrer l'exemple et faire en sorte que les autres gouvernements suivent ton modèle. Quant aux autres, continuez à diffuser vos enseignements de sagesse. En ces temps de cataclysmes, les humains seront plus réceptifs et vous serez les meneurs de demain. Je ne vous garantis rien, mais de cette façon, vous gagnerez du temps.

Maël serra la main de Léa plus fort. Accepter de se séparer à nouveau lui déchirait le cœur. Savanah, profondément émue devant tant d'amour entre les deux âmes, adressa quelques paroles à leur seule attention :
- Maël, tu connais les secrets de la jeunesse éternelle et de la maîtrise du corps. Tu peux choisir de ne point vieillir. Quand tu estimeras ton action menée à bien, tu pourras te retirer de leur gouvernement. Léa, quand tu seras libérée de ton devoir de Gardienne, tu pourras alors choisir de rester en bas. Je ne sais pas dans combien de temps, mais un jour, si vous réussissez, vous pourrez vous retrouver sur terre et reprendre une autre existence libre, ensemble.
Léa ne voulait pas nourrir de faux espoirs ; cependant son cœur lui disait que tout était possible. Elle se tourna alors vers les autres :
- Il me faut onze volontaires.
Elle ne dut pas attendre longtemps pour que sans hésiter 5 hommes et six femmes s'avancent vers elle.
- Nous devons faire vite, dit Savanah. Je ne peux vous garder plus longtemps sans éveiller les soupçons. Je vais vous envoyer directement auprès de la Larimar. Les autres, vous devrez attendre que la pierre soit activée pour repartir dans vos pays respectifs.
Maël embrassa Léa une dernière fois. Il repensa à leur dernière nuit ensemble. Autant d'amour entre deux êtres ne pouvait craindre le temps. Ils réussiraient, et ils se retrouveraient, il ne pouvait en être autrement.

- Garde un œil sur Sébastien et mes enfants. Si tu pouvais faire en sorte qu'ils accèdent à l'enseignement...
- Ne t'inquiète pas, je veillerai sur eux.
- Je t'aime.
- Je sais. Je t'aime aussi. Et je t'attendrai, je serai là quand tu sortiras.

Léa se sentait déchirée au plus profond de son âme. Si seulement les humains avaient pu ouvrir leur cœur...

Savanah prit à part les douze nouveaux Gardiens. Elle leva les mains au ciel et un autre éclair les renvoya dans la salle de la pyramide où une énorme pierre Larimar bleue gisait au sol. Léa incita ses nouveaux frères et sœurs à faire un cercle autour de la pierre et instaura une connexion entre eux. Elle reprit la place qu'elle avait occupée des milliers d'années plus tôt et les souvenirs de cette autre vie surgirent de sa mémoire, comme si elle n'avait jamais quitté la scène. Elle leur montra le chemin des pensées à suivre et l'énergie à mettre en action pour prendre contact avec la pierre. Chacun tentait de s'accorder comme on accorderait les cordes d'un violon. Ils devaient vibrer à l'unisson, ne faire plus qu'un avec l'intention de faire revivre cette pierre. Combien de temps ils restèrent ainsi, elle ne sut le dire. Enfin, la pierre se mit à luire de l'intérieur. Ils réveillaient une conscience endormie, une entité venant d'un autre plan qui attendait depuis des millénaires qu'on fasse de nouveau appel à elle. La pierre était vivante, pensante, dotée d'une énergie pure et bienfaisante. Elle bascula sur le côté puis se mit à flotter dans les airs au milieu du groupe. Ils avaient réussi, aux autres de faire le reste.

Maël et le reste du groupe étaient sortis de la pyramide. Ils avaient installé un campement de fortune et chacun partageait les vivres apportés. Le ciel était encore très nuageux mais aucun autre épisode de grêle n'était à craindre.

À l'aube du septième jour, le soleil était à nouveau le roi du ciel. Les oiseaux revenaient et quelques chameaux sauvages traversèrent plus loin. Ils interprétèrent les signes et des sourires se dessinèrent sur les lèvres. Il ne leur en fallait pas plus pour comprendre qu'il était temps de rentrer chacun chez soi.

Maël n'eut pas besoin de reprendre les chevaux, un membre du groupe ayant une camionnette pouvait le déposer à l'aéroport. Il les libéra et tout en les regardant partir il laissa voguer avec eux les souvenirs inoubliables de ces derniers jours passés avec Léa.

Les pistes remises en état, Maël put trouver un vol pour son retour en France. Il contemplait le paysage Egyptien rétrécir dans l'encadrement du hublot. La Grande Pyramide prenait pour lui une toute autre signification.

EPILOGUE

Sébastien passait ses journées à aider les villageois à reconstruire les maisons tandis que ses parents surveillaient les enfants du quartier. Sa propre maison s'était transformée en crèche de fortune. Les gens s'entraidaient naturellement, il n'était plus question de qui payait quoi mais de qui pouvait fournir quoi. Un élan de solidarité comme il n'en avait jamais vu. À croire qu'il y avait encore un peu d'espoir. Après une semaine de tremblements de terre et de tempêtes de grêle, le temps s'était enfin calmé. Ils avaient réussi, leurs prières avaient été exaucées et il attendait impatiemment le retour de Léa.

Ce soir-là, il entendit une voiture dans l'allée. Il se précipita au dehors en manquant de trébucher sur le pas de la porte, priant pour que ce soit elle. Mais seul Maël descendit du véhicule. Sébastien ne comprenait pas. Elle ne pouvait pas être morte, il l'aurait senti ou elle se serait manifestée pour lui dire au revoir.

Maël avait un air si sombre qu'il commença finalement à envisager le pire. Mais il était encore bien loin de la réalité.

Yoan avait collé son visage à la fenêtre. Il voyait le monsieur dehors discuter avec son père. Il le reconnaissait, il l'avait déjà vu. Le monsieur dit quelques mots à Sébastien et celui-ci tomba à genoux en se mettant la tête entre les mains. Le monsieur pleurait lui aussi. Il commença à avoir peur, très peur. Ils parlaient de maman, il en était sûr.

Maël réussit avec l'aide de ses collaborateurs à se faire élire à la tête d'un nouveau gouvernement. Après les crashs boursiers, après la chute du pétrole, après les épidémies… Tout avait changé. Un autre système avait pu se mettre en place et Maël en fut l'un des pionniers. La technologie était au service de la nature, les connaissances mystiques et les secrets sur la nature des hommes étaient enfin mis au grand jour. On leur apprenait à être heureux, en bonne santé, à aimer. On leur apprenait comment s'Éveiller.

L'Ombre ne pouvait plus faire face à ça, elle ne pouvait que reculer.

Egypte, Gizeh, 200 ans plus tard.

Léa sentit une brise légère sur sa joue. Cette brise, elle l'attendait depuis des années. Alors elle communiqua à ses compagnons qu'il était temps. Ils avaient fini. Les mains se détachèrent et la Pierre se reposa délicatement au sol. Chacun ouvrit les yeux comme s'ils se réveillaient d'un long sommeil.

Léa les regarda tour à tour. À son grand étonnement, aucun n'avait l'air de vouloir ressortir de cette pièce pour regagner la vie terrestre. Il n'y avait qu'elle.

Léa les remercia tous un à un solennellement. Elle les regarda se fondre dans des lueurs blanches. Ils rentraient chez eux.

Seule, elle pouvait enfin ouvrir la porte qui la séparait du monde extérieur. Qu'allait-elle retrouver derrière ce mur ? Qu'était-il advenu du monde qu'elle avait laissé derrière elle ?

Il lui fallut quelques secondes pour que sa vue s'accommode à la nouvelle luminosité. Le soleil brillait toujours, mais différemment que dans ses souvenirs.

Le paysage qui lui faisait face était très différent. Des immeubles en bois, des véhicules flottant dans les airs, des arbres d'une hauteur vertigineuse à la place de ce qui était un désert de sable. Même les tenues des hommes étaient bien différentes, plus souples, plus claires, légères. Et l'air était pur, si pur. Elle pouvait sentir le prana comme il aurait toujours dû être.

Personne ne sembla lui porter attention. Ce qui ressemblait à une rue devant la pyramide était pourtant pleine de monde mais cela ne choquait personne que quelqu'un sorte de la pyramide. Une seule silhouette sur sa gauche sembla la remarquer et marcha dans sa direction.

La silhouette se précisa et elle put voir qu'il s'agissait d'un homme.

C'était la seule chose qui n'avait pas changé dans ce décor. Il était là, comme il le lui avait promis, il l'avait attendue.

Combien d'années s'étaient écoulées ? Peu importait, ils avaient apparemment réussi.

Maël était maintenant devant elle. Il était si beau. Il l'embrassa sans dire un mot, comme s'ils s'étaient quittés la veille.

Premier baiser qui n'avait pas besoin d'être volé, d'être fantasmé, d'être espéré. Ce serait leur premier baiser devant une longue série, un premier baiser de liberté, un baiser pour l'éternité.

Après lecture, il y aura ceux qui trouveront l'hypothèse farfelue que nous soyons visités. Je leur répondrai de regarder les signes et de faire appel à leur mémoire profonde. Les Crop Circles, les témoignages, les dossiers du centre de recherche des manifestations d'OVNI... Est-ce que ces informations vous font peur ? Si oui, pourquoi ? Arrêtons de réfléchir uniquement avec notre cerveau gauche, retrouvez en vous la liberté de penser et de vous faire confiance.

Les mediums, les guérisseurs, etc, sont considérés comme étant des gens à part, anormaux. Mais n'avez-vous pas pensé que c'était eux la normalité ? Nous avons perdu nos capacités. Ne vous laissez pas influencer, vous avez tous en vous ces connexions à portée de main, surtout aujourd'hui où l'aide du ciel s'accélère.

Soignez votre corps, soignez votre esprit, recherchez toujours la vérité, votre essence divine. Ne laissez pas les soucis matériels du quotidien vous définir. Envisagez la possibilité d'être heureux. Nous n'avons pas besoin d'être malheureux ou de collectionner les problèmes pour exister aux yeux des autres. La Lumière est joie et oui, nous pouvons être Joie éternellement. C'est à vous de choisir. Rompez la Roue du Karma, pardonnez-vous et pardonnez aux autres. « Pardonnez-nous nos offenses comme nous pardonnons à ceux qui nous ont offensé. » Au lieu de le répétez, pratiquez-le.

Remerciez vos ennemis, ils vous permettent de passer des étapes pour vous faire grandir et vous donner le choix entre l'Ombre et la Lumière. Vos pensées sont de l'énergie, ne vous dites pas qu'à votre échelle vous ne représentez rien. Au contraire, chacune de vos émanations induit la suite des événements planétaires. Vous êtes tous responsables, tous importants, vous avez tous un rôle à jouer. Vous êtes tous des héros. Il n'y a pas d'élu ou de classe supérieure. Vous êtes tous des élus car vous êtes tous une création de l'Éternel. Nous sommes tous ses enfants, chacun passant plus ou moins vite les classes d'apprentissage.

Aidez-vous les uns les autres car si certains restent en arrière, les autres ne pourront plus avancer non plus. Nous sommes tous interdépendants.

Créez votre vie. À bien y réfléchir, si vous êtes honnête, vous avez toujours le choix. Vous trouverez toujours des « mais » en trouvant des excuses comme quoi vous êtes victime ou coincé par telle ou telle obligation. Si vous êtes réellement clair avec vous-même, vous avouerez que tout découle de vos propres choix. La peur vous paralyse et elle contrôle votre vie. Dépassez-la, affrontez-la, il est temps de redevenir ce que nous sommes. L'Amour n'est pas une utopie, un fantasme ou une illusion. L'Amour est là, entre vos mains, en vous, alors cessez de le cacher et nourrissez-le. On n'imagine pas à quel point cela peut être simple, car nous avons toujours cru que tout devait s'obtenir à la sueur de notre front, par la bataille ou par le passage de peines terribles. Alors que tout simplement, c'est là, présent, prêt à mûrir et à éclore.

Références

L'ancien secret de la fleur de vie............... Drunvalo Melchizédek
Les Messagers de l'Aube............................ Barbara Marciniak
Alliance... Anne Givaudan
Inferno.. Dan Brown
Nosso Lar... Chico Xavier
Les messagers..................... Chico Xavier et Pierre-Etienne Jay
Un Souffle vers l'éternité............................... Patricia Darré